清南城王氏本大戴禮記解詁

第一册

清 王聘珍撰

中國國家圖書館藏清咸豐元年南城王氏刻本

山東人民出版社・濟南

圖書在版編目（CIP）數據

清南城王氏本大戴禮記解詁 / (清) 王聘珍撰 .— 濟南 : 山東人民出版社 , 2024.3
（儒典）
ISBN 978-7-209-14277-9

Ⅰ . ①清… Ⅱ . ①王… Ⅲ . ①《禮記》- 注釋 Ⅳ . ① K892.9

中國國家版本館 CIP 數據核字（2024）第 037143 號

項目統籌：胡長青
責任編輯：劉一星
裝幀設計：武　斌
項目完成：文化藝術編輯室

清南城王氏本大戴禮記解詁
〔清〕王聘珍撰

主管單位　山東出版傳媒股份有限公司
出版發行　山東人民出版社
出 版 人　胡長青
社　　址　濟南市市中區舜耕路517號
郵　　編　250003
電　　話　總編室（0531）82098914
　　　　　市場部（0531）82098027
網　　址　http://www.sd-book.com.cn
印　　裝　山東華立印務有限公司
經　　銷　新華書店

規　　格　16開（160mm×240mm）
印　　張　30.5
字　　數　244千字
版　　次　2024年3月第1版
印　　次　2024年3月第1次
ISBN　978-7-209-14277-9
定　　價　74.00圓（全二册）

《儒典》選刊工作團隊

前言

中國是一個文明古國、文化大國，中華文化源遠流長，博大精深。在中國歷史上影響較大的是孔子創立的儒家思想，因此整理儒家經典、注解儒家經典，爲儒家經典的現代化闡釋提供权威、典范、精粹的典籍文本，是推進中華優秀傳統文化創造性轉化、創新性發展的奠基性工作和重要任務。

中國經學史是中國學術史的核心，歷史上創造的文本方面和經解方面的輝煌成果，大量失傳了。西漢是經學的第一個興盛期，除了當時非主流的《詩經》毛傳以外，其他經師的注釋後來全部失傳了。東漢的經解祇有鄭玄、何休等少數人的著作留存下來，其餘也大都失傳了。南北朝至隋朝興盛的義疏之學，其成果僅有皇侃《論語疏》幸存於日本。五代時期精心校刻的《九經》、北宋時期國子監重刻的《九經》以及校刻的單疏本，也全部失傳。南宋國子監刻的單疏本，我國僅存《周易正義》、《爾雅疏》、《春秋公羊疏》（三十卷殘存七卷）、《春秋穀梁疏》（十二卷殘存七卷），日本保存了《尚書正義》、《毛詩正義》、《禮記正義》（七十卷殘存八卷）、《周禮疏》（日本傳抄本）、《春秋公羊疏》（日本傳抄本）、《春秋正義》（日本傳抄本）。南宋兩浙東路茶鹽司刻八行本，我國保存下來的有《周禮疏》、《禮記正義》、《春秋左傳正義》（紹興府刻）、《論語注疏解經》（二十卷殘存十卷）、《孟子注疏解經》（存臺北『故宮』），日本保存有《周易注疏》《尚書正義》（凡兩部，其中一部被清楊守敬購歸）。南宋福建刻十行本，我國僅存《春秋穀梁注疏》、《春秋左傳注疏》（六十卷，一半在大陸，一半在臺灣），日本保存有《毛詩注疏》《春秋左傳注疏》。從這些情況可以看出，經書代表性的早期注釋和早期版本國内失傳嚴重，有的僅保存在東鄰日本。

鑒於這樣的現實，一百多年來我國學術界、出版界努力搜集影印了多種珍貴版本，但是在系統性、全面性和準確性方面都還存在一定的差距。例如唐代開成石經共十二部經典，石碑在明代嘉靖年間地震中受到損害，明代萬曆初年西安府學等學校師生曾把損失的文字補刻在另外的小石上，立於唐碑之旁。近年影印出版唐石經拓本多次，都是以唐代石刻與明代補刻割裂配補的裱本爲底本。由於明代補刻采用的是唐碑的字形，這種配補本難以區分唐刻與明代補刻，不便使用，亟需單獨影印唐碑拓本。

爲把幸存於世的、具有代表性的早期經解成果以及早期經典文本收集起來，系統地影印出版，我們規劃了《儒典》編纂出版項目。

《儒典》出版後受到文化學術界廣泛關注和好評，爲了滿足廣大讀者的需求，現陸續出版平裝單行本。共收録一百十一種元典，共計三百九十七册，收録底本大體可分爲八個系列：經注本（以開成石經、宋刊本爲主。開成石經僅有經文，無注，但它是用經注本删去注文形成的）、經注附釋文本、纂圖互注本、單疏本、八行本、十行本、宋元人經注系列、明清人經注系列。

《儒典》是王志民、杜澤遜先生主編的。本次出版單行本，特請杜澤遜、李振聚、徐泳先生幫助酌定選目。特此説明。

二〇二四年二月二十八日

目録

第一册

第二册

大戴禮記解詁敘錄

揚州阮中丞敘曰南城王君實齋著大戴禮記解詁十三卷目錄一卷其言曰大戴與小戴同受業於后倉各取孔壁古文記非小戴刪大戴馬融足小戴也禮察保傅語及秦亡乃孔襄等所合藏是賈誼有取於古記非古記采及新書也三朝記曾子乃劉氏分屬九流非大戴所裒集也其校經文也專守古本爲家法有徵於近日諸儒妄據他書徑改經文之失其爲解詁也義精語潔恪守漢法多所發明爲孔撝約諸家所未及能使三千年孔壁古文無隱滯之義無

虛造之文用力勤而爲功鉅矣元從北平翁覃谿先生得識王君王君厚重誠篤先大夫敬之以爲有古人風延敎家塾子弟者有年王君書成屬序於元元更出元素校大戴本付王君王君或以己所校者衡量之加以棄取別爲大戴記作釋文數卷不更善乎

嘉慶十二年揚州阮元敍於揅經室

山陽汪闇學敍曰嘉慶丙寅冬予視學江西阮芸臺同年以書來極道南城王君實齋之賢末之見也己巳季夏君將以拔萃就博士選循例謁予章門因出其所著大戴記解詁目錄見示予受讀之學古而識

卓理精而論篤其推明大戴記爲孔壁古文非小戴刪餘語及秦亡乃孔襄所合藏賈誼所稱引非大戴取賈誼書七略分隸六藝諸子乃劉氏裒大戴非大戴輯他說皆確鑿有根據不可移易其斥後人據王肅私竄之家語及唐宋人類書世俗坊本改定本經尤切中近世儒人浮華好異蔑古不根之失雖其全書未獲卒業然觀其發凡大旨禮典器數墨守鄭義解詁文字一依爾雅說文及兩漢經師有不知而闕無杜撰之言殆庶幾古人實事求是之學而異於世之剽竊附合堅僻自是以夸世俗者其亦遠矣予於

是經無所自得慚承下問輒書數語歸之以志服膺並以質之芸臺山陽汪廷珍

歙淩進士敍曰南城王實齋先生著大戴禮記解詁十三卷研求古訓理精義密足矯以臆說經之弊其言曰近代以來人事校讐或據王肅私定家語改易經文是猶聽信盜賊研審事主也又或據唐宋類書所引增删字句是猶舍當官案牘而求情實於風聞也故其所釋惟據相承舊本不敢以他書增删改易用力之勤凡二十餘年其於大傳禮可謂有功矣嘉慶戊辰歲八月晤先生於浙西先生不以爲鄙發篋

見示廷堪於是書所得甚淺既無以益之於是舉其卓絕之識書諸簡末以告世之好學深思者同門年愚弟歙淩廷堪識

揚州汪編修敘曰昔朱子謂大戴禮注當是鄭康成所爲此疑辭無實據所引有魏晉人語必非鄭注可知周書盧辨傳稱辨少好學以大戴禮無解詁乃注之其兄景裕比於侍宗注小戴今存盧注只八卷未可爲全書也乾隆年盧召弓先生以元時本校定脫誤而未解詁南城王實齋先生惜舊注之少且後人所改不盡允當乃融會鄭氏說經諸書分節注之如

五義義字據周禮注讀若儀。五鼇五字、釋若㐹。青史子引漢書、君子養之、讀若中心養養之養。皆能根據經史、發蒙解惑、非不根之說也。大小戴禮須立學宮、世咸讀之。大戴禮篇目錯誤、文多晦澀、世多不讀、讀亦不熟。今此書出、義理瞭如、不特爲大戴功臣、其有益於學校、匪淺也。萬儀堂孝廉南城後進之士也、擕以示余、謂將付手民。余欽實齋先生之學、而嘉萬生之好學也、謹讀而序之。時在道光庚戌三月、揚州後學汪廷儒拜譔。

自敘曰、劉向別錄云、古文記二百四篇、古文者、孔子壁中書也。漢書藝文志云、武帝末魯共王壞孔子宅、欲以廣其宮、而得古文尚書、及禮記論語孝經、凡數十篇、皆古字也。又云、禮古經者、出於魯淹中及孔氏學七十篇、文相似、多三十九篇、及明堂陰陽王史氏記所見、多天子諸侯卿大夫之制、雖不能備、猶瘉倉等推士禮而致於天子之說、其目有記百三十一篇、明堂陰陽三十三篇、王史氏二十一篇、此禮記之所由來、惟孔氏壁中之本也。孔穎達曲禮疏曰、鄭康成六藝論云、戴德傳記八十五篇、則大戴禮是也。戴聖傳記四十九篇、則此禮記是也。晉司空長史陳邵周禮論敘云戴德刪古禮二百四篇為八十五篇謂之大戴禮此大戴之書篇數具在惟取於孔壁古文未嘗闌入諸家也或曰壁藏之書當在先秦今禮察保傅篇中皆有秦二世而亡之語與賈誼新書同得無大戴取於賈氏書乎聘珍曰顏注漢志引家語云孔騰字子襄藏書於夫子舊堂壁中而漢記尹敏傳云孔鮒所藏案史記孔鮒為陳涉博士固在亡秦之時而子襄為漢惠博士則秦亡久矣漢惠本紀四年除挾書律張晏注云秦律敢有挾書者族然則漢惠四年以前皆是藏書之日而古文記二百四篇亦非出

於一時一人之手。若禮祭保傅諸記，乃楚漢閒人所爲，合於二百四篇之中，而爲孔氏所藏。亦別有流傳在外之本，而爲賈氏所取，此賈書有取於古記，非古記有待於賈書也。又大戴禮有孔子三朝記七篇，曾子十篇，皆是古文記二百四篇中書。自劉氏總羣書而奏七略，序六藝爲九種，分諸子爲九流，於是出三朝記於論語之類，出曾子於儒家者流，此又劉氏剖析傳記，而非大戴采取諸家也。今小戴禮記，燦然具備，而大戴之篇祇存四十。隋書經籍志，謂戴聖刪大戴之書爲四十六篇，漢末馬融足月令一篇，明堂位一篇樂記一篇其說頗爲附會蓋因大戴八十五篇之書始於三十九終於八十一其中又無四十三四十四四十五六十一四篇多出弟七十三一篇隋志又別出夏小正弟四十七一篇則存三十九而闕四十六故支離其辭以爲小戴所取耳豈知月令明堂位劉向別錄並屬明堂陰陽固古文三十三篇之內者也而樂記疏引劉向別錄云禮記四十九篇樂記弟十九則樂記之入禮記自劉向所見本已然矣又何待於馬融之足哉且當時古本具在大小戴同受業於后倉之門小戴又何庸取大戴之書而刪之蓋

二家俱就古文記二百四篇中各有去取故有大戴取之小戴亦取之如哀公問投壺等篇者也況大戴所闕之篇其名往往見於他書如王度記辨名記政穆篇之類皆不在於小戴記中豈得以大戴闕篇即小戴全篇邪夫以大戴之書同是聖賢緒餘自古未立學官兩漢經師不爲傳注陸德明不爲音義迄無定本後周盧辨雖爲之注然而隋唐宋志並不著錄則其書傳者蓋寡是以闕佚過半其存者亦譌變不能卒讀自時厥後未有專家近代以來人事校讐往往不知家法王肅本點竄此經私定孔子家語反據

肅本改易經文，是猶聽信盜賊研審事主，有是理乎？又或據唐宋類書，如藝文類聚、太平御覽之流，增刪字句。或云據永樂大典改某字作某，是猶折獄者舍當官案牘、兩造辭證，而求情實於風聞道路，得其平乎？是非無正，人用其私。甚者且云某字據某本作某，豈知某本云者，皆近代坊賈所爲，其人竝無依據，是直向聾者而審音，與盲人而辨色也。茲數端，大率以今義繩古義，以今音證古音，以今文易古文，遂使孔壁古奧之經，變而文從字順，洵有以悅俗學者之目。然而經文變矣，經義當由茲而亡，可不懼哉！聘珍今爲解詁十三卷、目錄一卷、與諸家所見未敢雷同、惟據相承舊本、不復增刪改易。其顯然譌誤者、則注云某當爲某。抑或古今文異、假借相成、依聲託類、意義可通、則注云某讀曰某而已。其解詁專依爾雅、說文、及兩漢經師訓詁、以釋字義。於古訓之習聞者、不復標明出處。稍涉隱奥、必載原書、亦復多引經傳、證成其義。閒有不知而闕、必無杜撰之言。舊說有可采者、則加盧注云以別之。至於禮典之辨、器數之詳、壹以先師康成緒論爲主。以禮本鄭氏專門之學、而其學則聘珍生平所私淑諸人者也、未免膏肓之疾、難辭墨守之愆。以云有功經學、實所不敢。但於三千年來天壤孤經、亦可謂盡心焉爾。已憶垂髫受書、　家父口授此經。聘珍年纔幼學。迄今誦習三十餘年矣。爲茲解詁、稿凡數易、亦歷有年所。不但稟承家學、抑亦博問通人。今檢其簡札、幷諸書首、以誌師友淵原著書歲月、庶傳諸將來、知非鄉壁虛造者也。南城王聘珍。

大戴禮記解詁目錄

南城王聘珍學

主言弟三十九廣雅云主君也主言者君天下之言也曲禮曰君天下曰天子誥志曰主祭於天曰天子曾子曰聖人爲天地主爲山川主爲鬼神主爲宗廟主是也王肅私定孔子家語盜竊此篇改作王言俗儒反據肅書改竄本經亦作王言非是始於三十九者已上三十八篇皆佚也

哀公問五義弟四十義讀曰儀周禮以儀辨等鄭注云故書儀或爲義杜子春讀爲儀又周禮凡國之大事治其禮儀鄭注云故書儀爲義鄭司農云義讀爲儀古者書儀但爲義今時所謂義爲誼聘珍謂鄭云故書者古文書也大戴禮記是刪取孔壁之書雖經改寫閒存古文俗儒據荀子書改義作儀者非是名曰五義者篇中所云庸人士君子賢人大聖是也

哀公問於孔子弟四十一此於小戴記爲哀公問弟二十七孔疏云鄭目錄云

名曰哀公問者，善其問禮，著謚顯之也。此於別錄屬通論。但此篇哀公所問凡有二事，一者問禮，二者問政。問禮在前，問政在後。

禮三本弟四十二

名曰禮三本者，本經曰：禮上事天下事地，宗事先祖而寵君師，是禮之三本也。篇中多推明反本修古，不忘其初之事，史記禮書采取此篇爲之。古文禮記是與尚書等經同出孔壁，孔氏安國盡得其書，司馬遷嘗從安國問故，遷書多古文說，此類皆是，不獨爲尚書也。

已

上卷一凡四篇

禮察弟四十六

此篇之前弟四十三、四十四、四十五三篇並闕，而此篇亦多譌竄，自篇首至倍死忘生之禮眾矣，同小戴記經解弟二十六，自凡人之知以下，漢書賈誼傳有之，篇首稱孔子曰，後言秦王子孫誅絕，當中顯有譌脫之處。案漢書藝文志所載記百三十一篇，班氏自注云七十子後學者所記也，不言其爲何時之人，諒非一時同出者也。楚漢之閒，如陳涉博士之徒，皆其支流餘裔，豈不發憤著書。然則禮察、保傅等篇皆是楚漢閒人所爲，同在古文記二百四篇之中。大戴取之以爲記，賈誼亦采以爲書，而班氏又潤色賈書以入史，故此篇中有問爲天下何如，又有今子或言云云，並非上疏之體也。

夏小正弟四十七

禮運曰：孔子曰：我欲觀夏道，是故之杞，而不足徵也，吾得夏時焉。鄭注云：得夏四時之書也。其書存者有小正。史記：孔子正夏時，學者多傳夏小正。案：古文記皆七十子後學者所爲，而夏小正亦二百四篇中之一。太史公所云學者，即班氏所云七十子後學者也。太史公所傳夏小正，即是就小正元書而爲之傳者也。篇中原自有經有傳。知者，鄭注月令引夏小正者九，如正月啟蟄、魚陟負冰、農率均田、丁亥萬舞入學、妾子始蠶、九月丹鳥羞白鳥、十一月王狩，皆是經文首句，故直稱爲夏小正曰。獨於丹鳥羞白鳥之下引丹鳥也者謂丹良也云云，則以說曰二字別之。說曰引者，即傳者之說也。是鄭所見本原自有經有傳，此其明證也。又郭注爾雅有引夏小正曰者，有引夏小正傳曰者，則小正之有經有傳，至晉時猶未譌也。隋書經籍志大戴禮記十三卷外，有夏小正一卷，戴德撰，後人遂相承以夏小正乃大戴自爲無分經傳不知大戴祇就古文記刪取成書未嘗自作隋志所云戴德撰者謂其書從大戴禮記中出並非謂其自作也宋有傳崧卿倣杜氏春秋左傳集解之例釐析經傳亦非大戴之舊云

已上卷二凡二篇

保傳第四十八

名曰保傳者本經曰保保其身體傳傳之德義蓋古者教王大子之禮也賈誼新書保傳傳職容經胎教等篇與此大同小異自篇首夏爲天子至此時務也漢書賈誼傳亦有之字句小有詳略漢書昭帝紀詔曰修古帝王之道通保傳傳即謂此篇是古又有保傳傳之名也班氏白虎通引此篇語稱禮保傳曰是此篇本古文禮記蓋楚漢閒人所爲其人亦七十子後學之流漢初並在古文二百四篇之中出自孔壁故當時即以列於孝經論語尚書之類而進之於君而賈誼所從而采摭潤色以成一家之言者則在外流傳之本亦如古文尚書出自孔壁而先有今文行於世特其篇數多寡不同耳俗儒不能沿流溯源猥以大戴取於賈誼之書則此篇之末又見於劉向說苑豈大戴復取於劉

向書耶蓋古人之書名曰著述采取者博如史記明是采世本左傳國語國策所爲呂覽淮南亦非盡出一手賈氏之書亦何必不有取於古記也

已上卷三凡一篇

曾子立事弟四十九

此篇言博學審問愼思明辨篤行之事名曰立事者君子所以立身行道也此以下十篇題首並云曾子者蓋曾子之後學者論撰其先師平日所言立身孝行之要天地萬物之理同在古文記二百四篇之中並出於孔氏壁中者也漢書藝文志儒家有曾子十八篇班氏自注云名參孔子弟子是卽禮記中之本自劉氏析羣書爲七畧乃從禮記類中出之於儒家者流藝文志乃因劉氏之舊耳當日大戴定禮記祗就古文二百四篇或删或取未嘗汎及諸子也白虎通喪服篇引禮曾子記曰大辱加於身皮體毀傷卽君不臣士不交祭不得爲昭穆之尸食不得昭穆之牲死不得葬昭穆之域今案大小戴記中並無此文則班氏所稱禮曾子記者自是大戴佚篇中文也據此則曾子記十八篇大戴所取必不止此十篇惜卷帙散亡不可考矣

曾子本孝弟五十 名曰本孝者本經曰忠者其孝之本與蓋孝必本於忠也說文云忠敬也篇中所言皆敬其身以敬父母之事

曾子立孝弟五十一 名曰立孝者本經曰君子立孝其忠之用禮之貴盧氏注云有忠與禮孝道立

曾子大孝弟五十二 名曰大孝者孝以尊親爲大亦舉篇首之字爲篇題也其中兼言天子諸侯卿大夫士之孝小戴記祭義弟二十四與此同又裒取他篇以益之主言祭祀齊戒薦羞之義不專爲曾子書故於別錄屬祭祀也

曾子事父母弟五十三 名曰事父母者論語曰事父母幾諫篇中主言幾諫之義並及事兄使弟之道已上四篇與孝經之言相發明仲尼弟子列傳云孔子以曾參爲能通孝道故授之業作孝經

已上卷四凡五篇

曾子制言上弟五十四　制法也曾子多篇皆篇首文字標題制言別撰名目者是後學纂述先師之語比諸先王之法言也三篇之中主言行禮秉德居仁由義進退不苟之事以簡策重多分爲上中下三篇

曾子制言中弟五十五

曾子制言下弟五十六

曾子疾病弟五十七　名曰疾病者疾病時之言也本經曰尊其所聞則高明矣行其所聞則廣大矣曾子生平進德修業之功亦可見矣

曾子天圓弟五十八　名曰天圓者亦以篇首文字標題篇中發明天地陰陽禮樂律麻之道曾子述所聞於孔子以示後學者也

已上卷五凡五篇

武王踐阼弟五十九　武王克殷踐天子位受書於師尚父退而自爲戒書著於物以

自警此記者紀錄舊聞也

衛將軍文子弟六十

名曰衛將軍文子者善其能咨訪聖門之賢大著其官號以顯之也史記仲尼弟子列傳多取此篇語太史公曰弟子籍出孔氏古文近是則古文記二百四篇中尚有弟子籍篇名也

已上卷六凡二篇

五帝德弟六十二

此已前闕弟六十一一篇史記五帝本紀云孔子所傳宰予問五帝德及帝繫姓儒者或不傳余嘗西至空峒北過涿鹿東漸于海南浮江淮矣至長老皆各往往稱黃帝堯舜之處風教固殊焉總之不離古文者近是三代世表云余讀諜記黃帝以來皆有年數稽其厤譜諜終始五德之傳古文咸不同乖異夫子之弗論次其年月豈虛哉聘珍謂史遷所云古文者即此五帝德及帝繫二篇也二篇皆在禮記二百四篇之中與古文尚書等經同出孔壁故謂之古文也此五帝本紀三代世表之所本亦史遷所據以考訂古厤譜諜記傳之異同者也蓋古文初出屋壁孔安國悉得其書班

氏謂馬遷嘗從安國問故遷書多古文說是也

帝繫弟六十三

周禮瞽矇職曰世奠繫鄭注云故書奠或爲帝杜子春云帝讀爲定其字爲奠書亦或爲奠世奠繫謂帝繫諸侯卿大夫世本之屬是也小史主次序先王之世昭穆之繫述其德行瞽矇諷誦世繫以勸戒人君也故國語曰教之世爲之昭明德而廢幽昏焉據此則帝繫本古史之流而大戴禮記中此篇則七十子後學者紀錄舊文即史記所云孔子所傳宰予問五帝德及帝繫姓者是也漢武之際出自孔壁寫以蝌蚪故史遷謂之古文焉索隱云案大戴禮有五帝德及帝繫篇蓋太史公取此二篇之諜及尚書集而紀黃帝以來爲系表也

勸學弟六十四

文有與管子荀子同者當是記者采摭諸書而潤益之亦有見於劉向說苑者是又從此經采取者也說者以爲荀況書云

已上卷七凡三篇

子張問入官弟六十五

鄭注雜記云官猶仕也問入官者問爲仕之道聖人告以

南面臨民，恢之彌廣，君國子民，不外是也。

盛德第六十六 此於古記當屬明堂陰陽，名曰盛德者，鄭注甘誓云：五行、四時盛德所行之政也。明堂月令曰：立春盛德在木，立夏盛德在火，立秋盛德在金，立冬盛德在水。明堂順五行之德，故謂明堂爲盛德，蓋三十三篇中之一也。

明堂第六十七 此篇專言明堂之制，故篇題直曰明堂也。於古記亦當屬明堂陰陽。許氏五經異義引此經文，稱爲盛德記，以盛德亦是明堂之記，故通稱之也。漢書藝文志有明堂陰陽三十三篇，而無盛德之名，猶後人稱盛德而不別著明堂之名也。鄭氏異義駁云：禮戴所云云，雖出盛德記及其下，顯與本異。章九室三十六戶七十二牖，似秦相呂不韋作春秋時說者所益。今案呂氏春秋，禮家鈔爲月令者，劉向別錄屬於明堂陰陽，是大戴禮記中明堂篇目自是古本所有，不可泯也。俗儒或據異義所引，合幷此篇於盛德篇中，刪去明堂第六十七篇題者，非是。

已上卷八凡三篇

千乘弟六十八 此於三朝記爲弟一。漢書藝文志論語類。孔子三朝記七篇。蜀志秦宓傳云。昔孔子三見哀公。言成七卷。裴注云。劉向七略曰。孔子三見哀公。作三朝記七篇。今在大戴禮。臣松之案中經部有孔子三朝記八卷。一卷目錄。餘者所謂七篇。王伯厚云。孔子三朝志七篇。今考大戴禮千乘。四代。虞戴德。誥志。小辨。用兵。少閒是也。聘珍謂此七篇亦七十子後學者所記。原在古文記二百四篇之中。故大戴采而錄之。自劉氏七略乃別出於論語類中。亦如曾子記別出於儒家類也。

四代弟六十九 此於三朝記爲弟二。

虞戴德弟七十 此於三朝記爲弟三。

誥志弟七十一 此於三朝記爲弟四。

已上卷九凡四篇。

文王官人弟七十二 此記者紀錄舊聞也。文與周書官人解弟五十八大同小異。周書序云。成王訪周公以民事。周公陳六徵以觀察之。作官人。據此則事屬成王信矣。大戴禮記作文王者記者所聞異辭也。但如周書作周公曰亦有六徵云云訓體也。大戴作王曰嗚呼云云。諸體也。諸當爲文王。

諸侯遷廟弟七十三

諸侯遷廟者禮古經五十六篇中之篇名。此乃其記也。亦如儀禮各篇之記。然漢書藝文志云禮古經者出於魯淹中。及孔氏學七十篇文相似。多三十九篇。及明堂陰陽王史氏。記所見多天子諸侯卿大夫之制。雖不能備。猶瘉倉等推士禮而致於天子之說。即此類是也。此篇乃諸侯三年喪畢。遷新死者之主於祖廟。舊說竝云練而遷廟者非是。說詳篇中。

諸侯釁廟弟七十三

諸侯釁廟者亦禮古經五十六篇中之篇名而此乃其記也。記諸侯既成祖廟殺牲釁之之事。小戴入於雜記下弟二十一。篇次重云七十三者。本經闕文之後。簡編俱錯亂不可考矣。

已上卷十凡三篇

小辨弟七十四

此於三朝記爲弟五。大戴原本自當與誥志篇相接。今本中隔文王官人

諸侯遷廟諸侯釁廟二篇者

大戴篇次並爲後人所亂也

用兵第七十五 此於三朝記爲第六漢書高帝紀云祭蚩尤於沛庭臣瓚曰孔子三朝記云蚩尤庶人之貪者師古云瓚所引者同是大戴禮出用兵篇而非三朝記也聘珍謂劉向七略云孔子三見哀公作三朝記七篇今在大戴禮而漢書劉向傳載向疏云昔孔子對魯哀公並言夏桀殷紂暴虐天下故厤失制攝提失方孟陬無紀云云正是用兵篇文劉向以爲孔子對哀公之辭則爲三朝記明矣師古謂用兵篇非三朝記又云大戴禮有三朝記一篇並非是

少閒第七十六 此於三朝記爲第七

已上卷十一凡三篇

朝事第七十七 鄭注周禮大行人云朝事儀曰奉國地所出重物而獻之明臣職也注儀禮覲禮云朝事儀曰天子冕而執鎮圭尺有二寸繅藉尺有二寸云云並是此經之文而稱曰朝事儀是古本篇題原有儀字後乃脫去耳經文多同周禮典命大行人小行人司儀掌客諸職及小戴記聘義篇

是記者鈔錄舊聞以爲禮經之記者也。

投壺弟七十八　小戴記投壺弟四十。孔疏云。案鄭目錄云。名曰投壺者。以其記主人與客燕飲講論才藝之禮。此於別錄屬吉禮。亦實曲禮之正篇。是投壺與射爲類。此於五禮宜屬嘉禮也。或云宜屬賓禮。聘珍謂此經篇末附射事。及貍首之詩。所云與射爲類是也。但篇中多闕文錯簡。恐出於孔壁簡滅札爛。小戴取其明文著於篇。大戴則仍古本而存之。非盡亂於大戴旣刪之後也。

已上

卷十二凡二篇

公符弟七十九　符當爲冠之譌。通典嘉禮注引譙周五經然否論云。禮公冠記。周公冠成王云云。是古本作公冠。公。謂諸侯也。儀禮士冠記曰。公侯之有冠禮也。夏之末造也。左氏襄九年傳曰。君冠。必以祼將之禮行之。以金石之樂節之。以先君之祧處之。是諸侯之有冠禮。當在禮古經五十六篇之中。此篇乃其記也。篇末有孝昭冠辭及祭天祭地祭日祝辭。是後人竄入。非大戴原書所有也。知者劉昭注續漢書禮儀志云冠禮曰成王冠周公使祝雍曰辭達而勿多也祝雍曰近於民遠於年遠於佞近於義嗇於財任賢使能博物記曰孝昭帝冠辭曰陛下摛顯先帝之光曜云云所引冠禮即此經之文也文止於任賢使能其下另引博物記中語若果在此篇之中劉氏又安用加博物記曰以別之其爲後人竄入無疑矣今因舊本存諸篇末

本命弟八十 名曰本命者本經曰分於道之謂命篇中言男女居室喪服之事亦禮家雜記推本於性命也

易本命弟八十一 此篇蓋亦明堂陰陽之流名曰易本命者篇中主言測物窮理盡性致命之事終之以蓍龜而統之以乾坤也鄭云大戴記八十五篇此以下闕四篇也

已上卷十三凡三篇

大戴禮記解詁目錄終

姪嘉會校刊

大戴禮記解詁卷之一

南城王聘珍學

主言第三十九

孔子閒居。曾子侍。鄭氏三禮目錄云。退燕避人曰閒居。仲尼弟子列傳云。曾參。南武城人。字子輿。孔子曰。參。今之君子。君子。在位者之通稱。惟士與大夫之言之閒也。其至於君子之言者。甚希矣。白虎通云。士者。事也。任事之稱也。大夫職在於適四方。受君之法。施之於民。帝王或稱君子何。道德之稱也。聘珍謂閒。猶中也。君子者。君上位。子下民。希。罕也。言今之在位者。所言不出於任事奉法之中。罕聞君國子民之大道也。於乎。吾主言其不出而死乎。哀哉。廣雅云。主。君也。主言。謂君子之言。楊注荀子云。出。行也。史記云。孔子曰。我欲載之空言。不如見之於行事之深切而著明也。曾子起曰。

敢問何謂主言。曲禮曰。請業則起。請益則起。孔子不應。曾子懼。肅
然摳衣下席。曰。弟子知其不孫也。得夫子之閒也難。
是以敢問也。應。以言對也。肅然。敬貌。摳。提也。曲禮曰。席閒函丈。鄭注云。謂講問之客也。函。容也。講問宜相對容丈。足以指畫。下席者。因夫子不應。改容申敬也。孫。恭順也。閒。謂閒居。孔子不
應。曾子懼。退負序而立。負之言背也。爾雅曰。東西牆謂之序。孔子曰。參
女可語明主之道與。曾子曰。不敢以為足也。得夫子
之閒也難。是以敢問。孔子曰。吾語女。道者所以明德
也。德者所以尊道也。是故非德不尊。非道不明。中庸曰。天下之達道五。所以行之者三。曰君臣也。父子也。夫婦也。昆弟也。朋友之交也。五者。天下之達道也。知仁勇三者。天下之達德也。爾雅曰。明。成也。
雖有國焉。不教不服。不可以取千

里。國謂王國也。周禮曰。惟王建國。大司馬職曰。方千里曰國畿。敎謂敎化。服謂服事。廣雅云。取。爲也。上無敎化。下不服事。不可以爲國也。雖有博地衆民。不以其地治之。不可以霸主。博地衆民。謂諸侯大國也。地治。謂以道治也。高注秦策云。地。猶道也。霸主。謂爲方伯以主諸侯。白虎通云。霸者。伯也。少閒曰。乃有周昌霸諸侯以佐之。謂文王爲西伯也。王制曰。八州八伯。各以其屬屬於天子之老二人。分天下以爲左右。曰二伯。公羊隱五年傳曰。自陜而東者。周公主之。自陜而西者。召公主之。是故昔者明主內脩七敎。外行三至。七敎脩焉。可以守。三至行焉。可以征。七敎不脩。雖守不固。三至不行。雖征不服。此經與下文爲總目。其事並在下文。左氏昭二十三年傳曰。古者天子守在四夷。諸侯守在四鄰。孟子曰。征者上伐下也。又曰。以力服人者。非心服也。是故明主之守也。必折衝乎千里之外。其征也。袵席之上還師。

淮南說山云國有賢君折衝萬里高注云衝兵車也所以衝突敵城也言賢君德不可伐故能折遠敵之衝車於千里之外使敵不敢至也聘珍謂衽臥席也此言守則有戰之備戰亦如守之安是故內脩七教而上不勞外行三至而財不費此之謂明主之道也勞力極也財謂國用費耗也曾子曰敢問不費不勞可以爲明乎孔子愀然揚麋曰參女以明主爲勞乎愀然變動貌麋讀曰揖昔者舜左禹而右皐陶不下席而天下治書曰禹宅百揆皐陶作士尚書大傳云左曰輔右曰弼夫政之不中君之過也政之既中令之不行職事者之罪也明主奚爲其勞也杜注左傳云在君爲政在臣爲事中正也令命也小宰職曰以官府之六職辨邦治大宰職曰廢以馭其罪昔者明主關譏而不征市鄽而不稅稅十取一使

民之力歲不過三日入山澤以時有禁而無征此六者取財之路也明主捨其四者而節其二者明主焉取其費也關者界上之門譏呵察也征賦也市買賣所之也鄽市物邸舍鄽而不稅者稅其舍不稅其物稅十取一謂田稅也孟子曰夏后氏五十而貢殷人七十而助周人百畝而徹其實皆什一也歲三日者均人職曰凡均力政以歲上下豐年則公旬用三日焉入山澤以時者王制曰獺祭魚然後虞人入澤梁草木黃落然後入山林山虞職曰物爲之厲而爲之守禁令萬民時斬材有期日澤虞職曰掌國澤之政令爲之厲禁四者謂關市山澤二者謂田稅民力曾子曰敢問何謂七教孔子曰上敬老則下益孝上順齒則下益悌上樂施則下益諒上親賢則下擇友上好德則下不隱上惡貪則下恥爭上强果則下廉恥民皆有別則貞則

正亦不勞矣。此謂七教。以敬事長曰順。齒，年也。施謂施德。諒，信也。隱，匿也。孟子曰：進不隱賢，必以其道。別，辨也。釋名云：貞，定也。易曰：君子以辨上下，定民志。正，政也。七教者，治民之本也，教定是正矣。定猶成也。爾雅曰：是，則也。正謂民無傾邪也。上者，民之表也，表正則何物不正？表，標準也。識正物之行列者也。是故君先立於仁，則大夫忠而士信，民敦，工璞，商慤，女憧，婦空空。七者，教之志也。表記曰：仁者，天下之表也。左氏僖九年傳曰：公家之利，知無不為，忠也。士，任事者也。晉語曰：定身以行事謂之信。敦，厚也。陸氏爾雅音義云：璞字又作樸。說文云：樸，木素也。通物曰商。慤，謹也。女謂未嫁者。憧讀曰僮，僮，無知也。空空，無識也。七者布諸天下而不窕，內諸尋常之室而不塞。布，散也。左氏昭二十一年傳曰：小者不窕。又曰：窕則不咸。杜注云：窕，細不滿也。內，入也。淮南汜論云：舒之天下而不窕，內之尋常而不塞。高誘注云：不窕，在大能大也。八尺曰尋，倍尋曰常。在小能小，不塞急也。是故聖人等之以禮，立之以義，行之以順，而民棄惡也如灌。等，猶差也。禮謂禮儀。義者，事之宜也。順，循也，循其理也。灌謂灌洗，洗濯其心以去惡也。曾子曰：弟子則不足，道則至矣。孔子曰：參，姑止，又有焉。昔者明主之治民有法，必別地以州之，分屬而治之，然後賢民無所隱，暴民無所伏。廣雅云：州，居也。王制曰：量地以制邑，度地以居民。屬，官眾也。周禮曰：以官府之六屬舉邦治。隱，蔽也。暴，亂也。伏，匿藏也。使有司日省如時考之，歲誘賢焉，則賢者親，不肖者懼。有司謂周禮鄉大夫之屬州長、黨正、族師、閭胥、比長皆是也。省，察也。如讀曰而。考，校也。日省時考，謂四時孟月月吉日聚眾讀法，以考其德行道藝，糾其衰惡過失。誘，進也。誘賢，謂鄉大夫三年則大比，考其德行道藝而興賢者能者。使之哀鰥寡，養孤獨，恤貧窮，誘孝悌，選賢舉能，此七者脩，則四海之內無刑民矣。使之，謂使民也。禮運曰：民不獨親其親，不獨長其長，使老有所終，壯有所用，幼有所長，鰥寡孤獨廢疾者，皆有所養。選賢舉能者，鄉大夫職曰：使民興賢，出使長之，使民興能，入使治之。刑，罰罪也。無刑民者，民皆丕變，刑措不用也。上之親下也如腹心，則下之親上也如保子之見慈母也。上下之相親如此，然後令則從，施則行。親，愛也。保，保養也。慈母，養子者也。施，謂設施。有所設施，民皆奉行也。因民旣邇者說，遠者來懷，然後布指知寸，布手知尺，舒肘知尋，十尋而索。懷，至也。布，敷也。舒，展也。說文云：寸，十分也。人手卻一寸動衇，謂之寸口。尺，十寸也。周制寸、尺、咫、尋、常、仞諸度量，皆以人之體爲法。肘，臂節也。从肉从寸。寸，手口也。度人之兩臂爲尋，八尺也。廣雅云：索，盡也。度始於寸，盡於尋；數始於一，終於十也。百步而堵，三百步而里，千步而井，三井而句烈，三句烈而距。司馬法：六尺爲步，步百爲畝。堵當爲畝，音近而譌也。以百步爲畝計之，應九百步而井，云千步者，包田間水道途徑而言也。趙注周髀算經云：伸員之周爲句。烈，讀曰列。鄭注稻人云：列田之畦畤也。距，折而方也。此言造田野形體之法。五十里而封，百里而有都邑，乃爲畜積衣裘焉，使處者恤行者有興亡。封，起土界也。左氏莊二十八年傳曰：凡邑有宗廟先君之主曰都，無曰邑。畜，聚也。積，謂芻米禾薪。裘皮，衣也。處，居也。恤，憂也。興，當爲與，形近譌也。亡，無也。是以蠻夷諸夏雖衣冠不同，言語不合，莫不來至，朝覲於王。故曰：無市而民不乏，無刑而民不違。王制曰：中國夷蠻戎狄，五方之民，言語不通，嗜欲不同。無市而民不乏者，遺人職曰：掌其道路之委積。凡國野之道，十里有廬，廬有飲食；三十里有宿，宿有路室，路室有委；五十里有市，市有候館，候館有積。乏之匱也。書曰：士制百姓於刑之中，以教祗德。無刑者不任刑也。不違者。民皆從教也。畢弋田獵之得。不以盈宮室也。徵斂於百姓。非以充府庫也。畢。田罔也。弋。繳射也。田獵。放獵。逐禽也。四時之田總名爲獵。爲田除害也。盈。猶充也。徵。求也。斂。賦斂也。大宰職曰。以九賦斂財賄。鄭注曲禮云。府。謂寶藏貨賄之處。庫。謂車馬兵甲之處。慢怛以補不足。慢。寬緩也。怛。憂傷也。慢怛謂君心廣大。憂民之憂也。補不足。謂出宮室府庫所藏。以振貧乏也。禮節以損有餘。白虎通云。禮所以防淫泆。節其侈靡也。又云。禮者。盛不足。節有餘。使豐年不奢。凶年不儉。富貧不相縣也。故曰多信而寡貌。信。誠也。謂慢怛由於心而德及於民。貌。謂文貌。禮以節其行。故少文貌也。其禮可守。其信可復。其跡可履。其於信也。如四時春秋冬夏。其博有萬民也。如飢而食。如渴而飲。下土之人信之夫。信者。與國人交止於信也。跡。謂成跡。履。踐也。四時錯行。不失其序。飢渴之切。必求食飲。上之親民如此。民亦信其上之親之也。夫，歎美辭。暑熱凍寒，遠若邇。暑熱凍寒，喻教也。樂記曰：教者，民之寒暑也。遠若邇，謂無有遠邇，聲教訖於四海也。非道邇也，及其明德也。道，路也。及，與也。書曰：祇台德先，不距朕行。是以兵革不動而威，用利不施而親，此之謂明主之守也。折衝乎千里之外，此之謂也。兵謂五兵。鄭注司兵云：鄭司農云：五兵，戈、殳、戟、酋矛、夷矛。元謂車之五兵，鄭司農所云者是也；步卒之五兵，則無夷矛而有弓矢。革，謂三革。賈注國語云：三革，甲、冑、盾。三也。威，畏也。用，貨賄也。利，爵賞也。施，予也。親，謂民親其上也。曾子曰：敢問何謂三至？孔子曰：至禮不讓而天下治，至賞不費而天下之士說，至樂無聲而天下之民和。明主篤行三至，故天下之君可得而知也，天下之士可得而臣也，天下之民可得而用也。篤，固也，厚也。君，謂有土者。

（士。謂守道者。）曾子曰：「敢問何謂也？」孔子曰：「昔者明主以盡知天下良士之名，既知其名，又知其數，既知其數，又知其所在。（良，賢也、能也。鄉大夫職曰：鄉老及鄉大夫羣吏獻賢能之書於王，王再拜受之，登於天府。射義曰：古者天子之制，諸侯歲獻貢士於天子。此明主所以盡知天下良士之名也。）明主因天下之爵以尊天下之士，此之謂至禮不讓而天下治；因天下之祿以富天下之士，此之謂至賞不費而天下之士說；天下之士說，則天下之明譽興，此之謂至樂無聲，而天下之民和。（爵，謂公侯伯子男卿大夫士也。尊，貴也。大宰職曰：爵以馭其貴，祿以馭其富。鄭注云：班祿以富臣下。書曰：凡厥正人，既富方穀。譽聲，美也。人心和樂，而頌聲作也。）故曰：所謂天下之至仁者，能合天下之至親者也。

所謂天下之至知者能用天下之至和者也所謂天下之至明者能選天下之至良者也此三者咸通然後可以征經解曰上下相親謂之仁逸周書王佩曰化行在知和大開武曰維王其明用開和之言孔注云可否相濟曰和書曰元首明哉股肱良哉是故仁者莫大於愛人知者莫大於知賢政者莫大於官賢有土之君脩此三者則四海之內拱而俟然後可以征孟子曰仁者愛人書曰知人則哲能官人中庸曰爲政在人拱斂手也俟待也明主之所征必道之所廢者也彼廢道而不行然後誅其君致其征弔其民而不奪其財也故曰明主之征也猶時雨也至則民說矣孟子曰征之爲言正也致其征者左氏襄二十五年傳曰鄭人陳司徒致民司馬致節司空致地乃

還。杜注云。陳亂。故正其衆官。脩其所職。以安定之。孔疏云。司徒招致人民。司馬集致符節。司空檢致土地。孟子曰。誅其君。而弔其民。若時雨降。民大悅。是故行施彌博。得親彌衆。此之謂衽席之上乎還師。行謂行師征伐。施功勞也。彌益也。博廣也。呂氏春秋懷寵云。義兵行地滋遠。得民滋衆也。

哀公問五義第四十

魯哀公問於孔子曰。吾欲論吾國之士。與之爲政。何如者取之。魯周公世家云。定公十五年卒。子將立。是爲哀公。王制曰。凡官民材。必先論之。士謂講學道藝者。孔子對曰。生乎今之世。志古之道。居今之俗。服古之服。舍此而爲非者。不亦鮮乎。志慕也。古之服。儒服也。舍讀曰宿舍之舍。居也。言自居於士。而爲非者少也。哀公曰。然則今夫章甫句屨。

紳帶而搢笏者，此皆賢乎。儒行曰：邱少居魯，衣逢掖之衣；長居宋，冠章甫之冠。士冠禮記曰：章甫，殷道也。屨人職曰：靑句素屨。鄭注云：句當爲絇，聲之誤也。絇謂之拘，著舃屨之頭，以爲行戒。紳，帶之垂者也。搢，插也。笏，記事者也。玉藻曰：笏度二尺有六寸，其中博三寸，其殺六分而去一。鄭注云：殺，猶杼也。天子杼上終葵首，諸侯不終葵首，大夫士又杼其下首，廣二寸半。孔子曰：否，不必然。今夫端衣元裳，冕而乘路者，志不在於食葷；斬衰菅屨杖而歠粥者，志不在於飲食。故生乎今之世，志古之道，居今之俗，服古之服，舍此而爲非者，雖有不亦鮮乎。端衣者，禮衣。端，正無殺也。鄭注司服云：端者，取其正也。衣袂皆二尺二寸而屬幅，是廣袤等也。聘珍謂：端衣，大子諸侯皆以朱爲裳，云元裳者，齊服也。郊特牲曰：齊之元也，以陰幽思也。冕，祭服也。路，車也。葷，辛物。辛主散，齊必變食，不茹葷，不敢散其志也。喪服傳曰：斬者何？不緝也。衰三升，菅屨者，菅菲也。杖者何。爵也。無爵而杖者何。擔主也。非主而杖者何。輔病也。歠粥。朝一溢米。夕一溢米。哀公曰。善。何如則可謂庸人矣。孔子對曰。所謂庸人者。口不能道善言。而志不邑邑。不能選賢人善士。而託其身焉。以爲己憂。道。言也。邑邑讀曰悒悒。一切經音義引蒼頡云。悒悒。不舒之皃。志不悒悒。謂志意放肆也。選。擇也。託。依也。憂。患也。孟子曰。我猶未免爲鄉人也。是則可憂也。動行不知所務。止立不知所定。日選於物。不知所貴。從物而流。不知所歸。五鑿爲政。心從而壞。若此則可謂庸人矣。務。事也。止。居也。定。安也。選。數也。中庸曰。賤貨而貴德。孟子曰。從流下而忘反。謂之流。楊注荀子哀公篇云。鑿。竅也。五鑿謂耳目鼻口及心之竅也。聘珍謂五讀曰午。猶忤也。鑿。穿鑿也。五鑿爲政。謂政不率法。心從而壞。謂私心壞政也。孟子曰。生於其心。害於其政。哀公曰。善。何如則可謂士矣。

孔子對曰：所謂士者，雖不能盡道術，必有所由焉；雖不能盡善盡美，必有所處焉。是故知不務多，而務審其所知；行不務多，而務審其所由；言不務多，而務審其所謂。知既知之，行既由之，言既順之，若夫性命肌膚之不可易也。富貴不足以益，貧賤不足以損，若此則可謂士矣。道術，謂道藝。由，從也。處，居也。孟子曰：居仁由義，大人之事備矣。說文云：審，悉也。知，審諦也。謂者，所以發言之指趣也。順，讀曰慎。論語曰：敏於事而慎於言。易，謂以物相易也。哀公曰：善！何如則可謂君子矣？孔子對曰：所謂君子者，躬行忠信，其心不買；仁義在己，而不害不志；聞志廣博，而色不伐；思慮明達，而辭不爭。君子猶然如將可及也而不可及也如此可謂君子矣論語曰躬行君子又曰主忠信買義未詳或云買當爲置害枝也謂枝人也志私意也不志謂不自私也聞志之志讀曰識伐矜也曲禮曰博聞强識而讓敦善行而不怠謂之君子猶然舒和之貌哀公曰善敢問何如可謂賢人矣孔子對曰所謂賢人者好惡與民同情取舍與民同統行中矩繩而不傷於本言足法於天下而不害於其身躬爲匹夫而願富貴爲諸侯而無財如此則可謂賢人矣大學曰民之所好好之民之所惡惡之此之謂民之父母取舍猶舉錯也統理也論語曰舉直錯諸枉則民服矩方繩直本謂本性不傷於本謂行己有法而非矯揉以失其性害亦傷也易曰或害之悔且吝左氏昭八年傳曰君子之言信而有徵故怨遠於其身願思也富之言備也孟子曰萬物皆備於我矣匹夫願富者若子脩身云君子貧窮而志廣說文云財人所寶[illegible]

侯無財者。孟子曰。諸侯之寶三。土地人民政事。寶珠玉者。殃必及其身。哀公曰。善。敢問何如可謂聖人矣。孔子對曰。所謂聖人者。知通乎大道。應變而不窮。能測萬物之情性者也。大道。謂天地人三才之道也。應。當也。變。謂事物非常也。窮。困也。測。盡也。情者。性之發也。陸賈新語云。聖人成之。所以能統物通變。治情性。顯仁義也。大道者。所以變化而凝成萬物者也。易曰。在天成象。在地成形。變化見矣。聖人知變化之道。首出庶物。變則通之。化而裁之。故萬物得正其性命也。凝。正也。情性也者。所以理然不然取舍者也。理。治也。然否取舍。壹本於情性也。中庸曰。唯天下至誠。爲能盡其性。能盡其性。則能盡人之性。能盡人之性。則能盡物之性。能盡物之性。則可以贊天地之化育。故其事大。配乎天地。參乎日月。雜於雲蜺。總要萬物。穆穆純純。其莫之能循。若天之司。莫之能職百姓淡然不知其善若此則可謂聖人矣配合也參三也易曰夫大人者與天地合其德與日月合其明雜共也蜺雌虹也孟子曰民之望之若大旱之望雲霓也總統也要會也穆穆敬也純讀曰肫中庸曰肫肫其仁鄭注云肫肫或爲純純懇誠貌也循巡也司主也說文云職記微也淡然定靜貌孟子曰民日遷善而不知爲之者哀公曰善孔子出哀公送之

哀公問於孔子第四十一

哀公問於孔子曰大禮何如君子之言禮何其尊也孔子曰丘也小人何足以知禮鄭注禮記云謙不答也君曰否吾子言之也孔子曰丘聞之也民之所由生禮爲大非禮無以節事天地之神明也非禮無以辨君臣上

下長幼之位也。非禮無以別男女父子兄弟之親、昏姻疏數之交也。君子以此之爲尊敬然。鄭云：言君子以此故尊禮。然後以其所能教百姓，不廢其會節。鄭云：君子以其所能於禮教百姓，使其不廢此上事之期節。有成事，然後治其雕鏤文章黼黻以嗣。鄭云：上事行於民有成功，乃後續以治文飾，以爲尊卑之差。其順之，然後言其喪筭，備其鼎俎，設其豕腊，脩其宗廟，歲時以敬祭祀，以序宗族，則安其居處，醜其衣服，卑其宮室，車不雕幾，器不刻鏤，食不貳味，以與民同利。昔之君子之行禮者如此。小戴則作卽，處作節。鄭云：言，語也。筭，數也。卽，就也。醜，類也。幾，附纏之也。言君子旣尊禮，民以爲順，乃後語以喪祭之禮，就安其居處，正以衣服，教之節儉，與之同利者，上下俱足也。孔疏云：設其家臘者，謂喪中之奠。有家有臘也。宗廟祭祀者，謂除服之後，又教爲之宗廟，以鬼享之。以序宗族者，又教祭祀末，畱同姓燕飲，序會宗族也。幾，謂沂鄂也。謂不雕鏤，使有沂鄂也。公曰：今之君子胡莫之行也？孔子曰：今之君子，好色無厭，淫德不倦，荒怠敖慢，固民是盡，忤其眾以伐有道，求得當欲，不以其所。古之用民者由前，今之用民者由後，今之君子莫爲禮也。小戴色作實。鄭云：實猶富也。淫，放也。固猶故也。午其眾，逆其族類也。當猶稱也。所猶道也。由前，用上所言；由後，用下所言。孔子侍坐於哀公，哀公曰：敢問人道誰爲大？孔子愀然作色而對曰：君及此言也，百姓之德也，固臣敢無辭而對？人道政爲大。鄭云：愀然變動貌。作猶變也。德猶福也。辭，讓也。公曰：敢問何謂爲政？孔子對曰：政正也。君爲正。則百姓從政矣。君之所爲。百姓之所從也。君所不爲。百姓何從。鄭云：言君當務於政。公曰。敢問爲政如之何。孔子對曰。夫婦別。父子親。君臣嚴。三者正。則庶民從之矣。公曰。寡人雖無似也。願聞所以行三言之道。可得而聞乎。鄭云：無似。猶言不肖。孔子對曰。古之爲政。愛人爲大。所以治愛人。禮爲大。所以治禮。敬爲大。敬之至也。大昏爲大。大昏至矣。大昏既至。冕而親迎。親之也。親之也者。親之也。是故君子興敬爲親。舍敬是遺親也。弗愛不親。弗敬不正。愛與敬。其政之本與。鄭云：大昏。國君取禮也。至矣。言至大也。興敬爲親。言相敬則親。公曰。寡人願有言。然冕而親迎不已重乎。鄭云：已，猶大也。怪親迎乃服祭服。孔子愀然作色而對曰：合二姓之好，以繼先聖之後，以爲天地社稷宗廟之主，君何謂已重乎？鄭云：先聖，周公也。公曰：寡人固。不固，焉得聞此言也？寡人欲問，不得其辭，請少進。鄭云：固，不固，言吾由鄙固故也。請少進，欲其爲言以曉己。孔子曰：天地不合，萬物不生。大昏，萬世之嗣也，君何以謂已重焉？孔子遂有言曰：內以治宗廟之禮，足以配天地之神明；出以治直言之禮，足以立上下之敬。物恥足以振之，國恥足以興之。爲政先禮，禮者，政之本與！鄭云：宗廟之禮，祭宗廟也。夫婦配天地，有日月之象焉。禮器曰：君在阼，夫人在房，大明生於東，月生於西，此陰陽之分，夫婦之位也。直，猶正也。正言，謂出政教也。政教有夫婦之禮焉昏義曰天子聽外治后聽內職教順成俗外內和順國家理治此之謂盛德物猶事也事恥臣恥也振猶救也國恥君恥也君臣之行有可恥者禮足以救之足以興復之

孔子遂言曰昔三代明王之政必敬其妻子也有道妻也者親之主也敢不敬與子也者親之後也敢不敬與君子無不敬也敬身為大身也者親之枝也敢不敬與不能敬其身是傷其親傷其親是傷其本傷其本枝從而亡三者百姓之象也身以及身子以及子配以及配君子行此三者則愾乎天下矣大王之道也如此國家順矣鄭云愾猶至也大王居豳為狄所伐乃曰土地所以養人也君子不以其所養害所養乃去之岐是言百姓之身猶吾身也百姓之妻子猶吾妻子也不忍以土地之故而害之去之岐而王

迹與焉。公曰。敢問何謂敬身。孔子對曰。君子過言則民作辭。過動則民作則。君子言不過辭。動不過則。百姓不命而敬恭。如是則能敬其身。能敬其身。則能成其親矣。鄭云。則。法也。民者。化君者也。君之言雖過。民猶稱其辭。君之行雖過。民猶以爲法。公曰。敢問何謂成親。孔子對曰。君子也者。人之成名也。百姓歸之名。謂之君子之子。是使其親爲君子也。是爲成其親名也已。孔子遂言曰。古之爲政。愛人爲大。不能愛人。不能有其身。不能有其身。不能安土。不能安土。不能樂天。不能樂天。不能成身。鄭云。有。猶保也。不能保身者。言人將害之也。不能安土。動移失業也。不能樂天。不知己過而怨天也。公曰。敢問何謂成身。

孔子對曰：不過乎物。鄭云：物，猶事也。公曰：敢問君何貴乎天道也？孔子對曰：貴其不已。如日月西東相從而不已也，是天道也；不閉其久也，是天道也；無爲物成，是天道也；已成而明，是天道也。鄭云：已，猶止也。是天道也者，言人君法之，當如是也。日月相從，君臣相朝會也。不閉其久，通其政教，不可以倦。無爲而成，使民不可以煩也。已成而明，照察有功。公曰：寡人惷愚寘煩，子識之心也。小戴識作志。鄭云：志讀爲識。識，知也。寘煩者，言不能明理此事，子之心所知也。欲其要言使易行。孔子蹴然避席而對曰：仁人不過乎物，孝子不過乎物。是仁人之事親也如事天，事天如事親，是故孝子成身。鄭云：蹴然，敬貌。物，猶事也。事親事天，孝敬同也。孝經曰：事父母故事天明。舉無過事，以孝事親，是所以成身。公曰：寡人既聞是言也，無如後罪何。（鄭云：既聞此言也者，欲勤行之也；無柰後日過於事之罪何，爲讓辭。）孔子對曰：君之及此言也，是臣之福也。（鄭云：善哀公及此言，此言善言也。）

禮三本第四十二

禮有三本：天地者，性之本也；先祖者，類之本也；君師者，治之本也。無天地焉生？無先祖焉出？無君師焉治？三者偏亡，無安之人。（性，生也。易曰：天地之大德曰生。焉，何也。楊注荀子云：類，種也。偏亡，謂闕一也。）故禮上事天，下事地，宗事先祖，而寵君師，是禮之三本也。（宗，尊也。寵，榮也。孟子曰：書曰：天降下民，作之君，作之師，惟曰其助上帝寵之四方。）王者天太祖，諸侯不敢懷，大夫士有常宗，所以別

貴始德之本也

天太祖謂以太祖配天也孝經曰昔者周公郊祀后稷以配天鄭詩箋云懷私曰懷不敢懷謂諸侯不敢祖天子以始受封之君爲太祖也常宗者大傳曰別子爲祖繼別爲宗繼禰者爲小宗是也

郊止天子社止諸侯道及士大夫所以別尊卑尊者事尊卑者事卑宜鉅者鉅宜小者小也

公羊僖三十一年傳曰天子祭天何注云郊者所以祭天也大傳曰禮不王不禘王者禘其祖之所自出以其祖配之鄭注云大祭其先祖所由出謂郊祀天也王者之先祖皆感大微五帝之精以生皆用正歲之正月郊祭之祭法曰諸侯爲百姓立社曰國社諸侯自爲立社曰侯社大夫以下成羣立社曰置社鄭注云大夫不得特立社社與民族居百家以上則共立一社今時里社是也楊云道行神也聘珍謂祭法曰大夫立三祀曰族厲曰門曰行適士立二祀曰門曰行鄭注云行主道路行作大夫士職在適四方故得祀行也陸氏禮記音義云鉅大也

故有天下者事七世有國者事五世

有五乘之地者事三世有三乘之地者事二世待年而食者不得立宗廟所以別積厚者流澤光積薄者流澤卑也祭法曰天子立七廟諸侯立五廟大夫立三廟適士二廟韋注楚語云地方十里爲成出長轂一乘待年而食謂食力者也說文云年穀熟也左氏昭三十二年傳曰農夫之望歲懼以待時不得立宗廟者王制曰庶人祭於寢也積讀曰績爾雅曰績事也功也業也澤讀若孟子曰君子之澤

大饗尚元尊俎生魚先大羹貴飲食之本也樂記曰大饗之禮尚元酒而俎腥魚大羹不和有遺味者矣鄭注云大饗祫祭先王以腥魚爲俎實不臑熟之大羹肉湆不調以鹽菜聘珍謂元尊明水也司烜氏職曰以鑒取明水於月鄭注云明水以爲元酒

大饗尚元尊而用酒食先黍稷而飯稻粱祭嚌大羹而飽乎庶羞貴本而親用禮器曰醴酒之用元酒之尚禮運曰元酒在室醴醆在戶粢醍在堂

澄酒在下。鄭注少牢饋食禮云：或言食，或言飯。食大名，小數曰飯。嚌，嘗至齒也。飽，謂尸告飽也。庶，眾也。鄭注庖人云：致滋味乃為羞。禮器曰：大饗其王事與。三牲魚腊，四海九州之美味也。籩豆之薦，四時之和氣也。此覆申大饗事義，言有本有用也。**貴本之謂文，親用之謂理，兩者合而成文，以歸太一，夫是謂大隆。**於其本而貴之，以為文也；以可用則親之，順其理也。事有其文，物得其理，是能經緯天地之道，故曰成文也。歸，返也。禮運曰：夫禮必本於太一。隆，備也。**故尊之尚元酒也，俎之生魚也，豆之先太羹也。**此下本有一也二字，言三者皆禮之反其本者也。**利爵之不啐也。**史記索隱云：案儀禮祭畢獻祝西面告成，是為利爵。祭初未行無算爵，故不啐入口也。聘珍謂利爵當是旅酬之後、祝未告利成之先，佐食獻尸者也。特牲饋食禮曰：利洗散獻於尸。鄭注云：利，佐食也。言利以今進酒也。更言獻者，以利待尸禮將終，宜一進酒，嫌於加爵，亦當三也。不致爵，禮又殺也。**成事之俎不嘗也。**索隱

云成事卒哭之祭故記曰卒哭曰成事既是卒哭始
從吉祭故受胙爵而不嘗俎也聘珍謂士虞禮記曰
三虞卒哭他用剛日亦如初曰哀薦成事是卒哭祭
禮與虞同也士虞禮主人獻尸尸取肝擩鹽振祭嚌
之加于俎鄭注云加于俎以喪不志於味**三侑之不食也**索隱云禮祭必立宥以勸尸食
至三飯而後止每飯有宥一人故
有三宥既是勸尸故不相食也**一也**言三者皆禮之主其減者
也**大昏之未發齊也廟之未納尸也始卒之未小斂**
也一也廣雅云發舉也齊當爲醮郊特牲曰壹與之齊終身不改鄭注云齊或爲醮醮祭未納尸先
設置爲陰厭之事坊記曰喪禮每加以遠浴於中霤
飯於牖下小斂於戶內士喪禮曰卒斂徹帷三者皆
禮之謹於始者也**大路車之素幭也郊之麻冕也喪服之先**
散帶也一也左氏桓二年傳曰大路越席杜注云大路玉路祀天車也詩曰鞹鞃淺幭毛傳
云幭覆式也司服職曰祀昊天上帝則服大裘而冕
孔注論語云麻冕緇布冠古者積麻三十升布以爲

之雜記曰大功以上散帶孔疏云小斂之後小功以
下皆絞帶大功以上散此帶垂不忍卽成之至成服
乃絞三者皆禮
之貴其質者也三年之哭不反也清廟之歌一倡而
三歎也縣一磬而尚拊搏朱絃而通越也一也閒傳
曰斬
衰之哭若往而不反詩序云清廟祀文王也鄭箋云
祭文王而歌此詩也孔疏云禮記每云升歌清廟是
其事也鄭注樂記云倡發歌句也三歎三人從歎之
磬讀曰磬明堂位曰拊搏玉磬鄭注云拊搏以韋爲
之充之以糠形如小鼓鄭注樂記云朱絃練朱絃練
則聲濁越瑟底孔也畫疏之使聲遲此並言聲之不
尚文
也凡禮始於脫成於文終於隆脫簡也文謂
節文隆備也故至
備情文俱盡其次情文佚興其下復情以歸太一至
大
也禮器曰大備盛德也禮者因人之情而爲之節文
德盛者化神故情文俱盡佚讀曰迭情文迭興謂有
本有文也復反也復情以歸太
一謂反本修古不忘其初者也天地以合四時以洽

日月以明，星辰以行，江河以流，萬物以倡，好惡以節，喜怒以當，以爲下則順，以爲上則明，萬變不亂，貸之則喪。張氏史記正義云：自天地以下八事，大禮之備，情文俱盡，故用爲下則順，用爲上則明也。

大戴禮記解詁卷之一終　姪嘉會校刊

大戴禮記解詁卷之二

南城王聘珍學

禮察第四十六

孔子曰：君子之道，譬猶防與。夫禮之塞，亂之所從生也，猶防之塞水之所從來也。塞，止也。稻人職曰：以防止水。鄭彼注云：防，豬旁隄也。故以舊防爲無用而壞之者，必有水敗；以舊禮爲無所用而去之者，必有亂患。孔氏經解疏云：水敗，謂水來敗於產業也。亂患，謂必有亂患之事也。故昏姻之禮廢，則夫婦之道苦，而淫辟之罪多矣。鄭注經解云：昏姻，謂嫁取也。壻曰昏，妻曰姻。苦，謂不至不答之類。鄉飲酒之禮廢，則長幼之序失，而爭鬭之獄繁矣。鄭三禮目錄云：諸侯之鄉大夫三年大比，獻賢者能者於其君，以禮賓之，與之飲酒。於五禮屬嘉禮。大司徒職曰：以陽禮教讓，則民不爭。鄭彼注云：陽禮謂鄉飲酒之禮也。聘射之禮廢，則諸侯之行惡，而盈溢之敗起矣。鄭目錄云：大問曰聘，諸侯相於久無事，使卿相問之禮；小聘使大夫。周禮曰：諸侯之邦交，歲相問也，殷相聘也，世相朝也。於五禮屬賓禮。名曰大射者，諸侯將有祭祀之事，與其羣臣射，以觀其禮數中者，得與於祭；不數中者，不得與於祭。射義。於五禮屬嘉禮。鄉射者，州長春秋以禮會民，而射於州序之禮，謂之鄉者，州鄉之屬，鄉大夫或在焉，不改其禮。喪祭之禮廢，則臣子之恩薄，而倍死忘生之禮眾矣。大宗伯職曰：以吉禮祀邦國之鬼神示，以喪禮哀死亡。哀公問篇曰：言其喪算，備其鼎俎，設其豕腊，脩其宗廟，歲時以敬祭祀。凡人之知，能見已然，不能見將然。禮者禁於將然之前，而法者禁於已然之後。是故法之用易見，而禮之所為生難知也。廣雅云：禁，止也。論語曰：齊之以禮。周禮曰：以五禮防萬民之僞。管子心術云：殺戮禁誅謂之法。左氏昭二十五年傳曰：禮，上下之紀，天地之經緯，民之所以生也。論語曰：民可使由之，不可使知之。

若夫慶賞以勸善，刑罰以懲惡，先王執此之正，堅如金石，行此之信，順如四時，處此之功，無私如天地爾，豈顧不用哉。然如曰禮云禮云，貴絕惡於未萌，而起敬於微眇，使民日徙善遠罪而不自知也。孔子曰：聽訟，吾猶人也，必也使無訟乎，此之謂也。功當爲公。敬者，禮之本也。孝經曰：禮者，敬而已矣。

爲人主計者，莫如安審取舍，取舍之極定於內，安危之萌應於外也。爾雅曰：安，定也。說文云：審，悉也。知審諦也。顏注漢書云：取，謂所擇用也；舍，謂所棄置也。極，中也。萌，始生也。

安者非一日而安也，危

者非一日而危也皆以積然不可不察也善不積不足以成名惡不積不足以滅身而人之所行各在其取舍積聚也習也察審也易曰積善之家必有餘慶積不善之家必有餘殃臣弒其君子弒其父非一朝一夕之故其所由來者漸矣由辨之不早辨也又曰善不積不足以成名惡不積不足以滅身小人以小善爲无益而弗爲也以小惡爲无傷而弗去也故惡積而不可掩罪大而不可解以禮義治之者積禮義以刑罰治之者積刑罰刑罰積而民怨倍禮義積而民和親禮運曰禮義也者人之大端也所以講信脩睦而固人肌膚之會筋骸之束也所以養生送死事鬼神之大端也所以達天道順人情之大竇也怨倍謂民心怨而行倍畔也和親謂善氣洽而民相親睦也故世主欲民之善同而所以使民之善者異或導之以德教或歐之以法令導之以

德教者，德教行而民康樂；毆之以法令者，法令極而民哀戚。哀樂之感，禍福之應也。導，引也。毆，謂驅馳之也。康，安也。極，窮也。戚，疾也。我以爲秦王之欲尊宗廟而安子孫，與湯武同，然則如湯武能廣大其德，久長其後，行五百歲而不失；秦王亦欲至是而不能持天下十餘年，即大敗之。此無佗故也，湯武之定取舍審，而秦王之定取舍不審也。易曰：君子慎始，差若毫氂，繆之千里。取舍之謂也。案史記秦王名政，莊襄王之子，母呂不韋姬，以東周亡後三年嗣立爲秦王，二十六年庚辰，盡滅六國，稱始皇帝，十二年辛卯崩，明年少子胡亥嗣立，號二世皇帝，三年甲午，趙高弒二世，立二世兄子公子嬰爲秦王，明年，子嬰降漢，前後凡十五年。易曰者，易緯通卦驗之言。始，謂其微時也。然則爲人主師傅者不可不日夜明此保傅曰傅傅之德義師道之教訓問爲天下如何曰天下器也今人之置器置諸安處則安置諸危處則危而天下之情與器無以異在天子所置爾置錯置也荀子云國者天下之大器也重任也不可不善爲擇所而後錯之湯武置天下於仁義禮樂而德澤洽禽獸草木廣育被蠻貊四夷累子孫十餘世歷年久五六百歲此天下之所共聞也德恩德也澤謂流澤洽浹也育生也被猶及也累積也秦王置天下於法令刑罰德澤無一有而怨毒盈世民憎惡如仇讎禍幾及身子孫誅絕此天下之所共見也夫用仁義禮樂爲天下者行五六百歲猶存用法令爲天下者十

餘年卽亡，是非明斅大驗乎。斅讀曰效。人言曰，聽言之道
必以其事觀之，則言者莫妄言。今子或言禮義之不
如法令，敎化之不如刑罰，人主胡不承殷周秦事以
觀之乎。子，通稱也。對上聞者之辭。承，繼也。

夏小正第四十七

正月。爾雅曰，正月爲陬。孔氏詩豳風疏引春秋元命
包云，夏人以十三月爲正。尚書大傳云，夏以日
至六十日爲正。又云，夏以孟春爲正。月令曰，孟春之
月。鄭注云，日月之行，一歲十二會，聖王因其會而分
之，以爲大數焉。觀斗所建，命其四時。此云孟春者，日
月會於娵訾，而斗建寅之辰也。聘珍謂正月日躔娵
訾，此周時厤象耳。夏時正月節日在娵訾，月中則在
降婁。逸周書曰，周公正三統之義，作周月，云惟一月
旣南至，昏昴畢見，日短極，斗柄建子，日月俱起於牽
牛之初。此漢書律厤志所云周公攝政五年正月丁

巳朔旦冬至也。冬至日在牛初度，則正月節當在危十六度，月中在室十四度，故鄭云日月會於陬訾也。但恆星每歲東移，大約七十年餘而差一度。自周溯夏，當差十六度有餘，則夏時正月中日躔當在降婁之初。又案尚書堯典曰：日短星昴，以正仲冬。是堯時冬至日在元枵，初昏元枵加酉，則大梁加午，而昴宿得中。自堯元載甲辰至夏禹元歲，爲一百五十三年，所差二度有餘，夏之冬至日亦在元枵。冬至在元枵，則正月中當在降婁。新唐書麻志載大衍麻議云：自帝堯演紀之端，在虛一度，日在虛一，鳥火昴虛，皆以仲月昏中，合於堯典。斯言蓋得其實。以歲差計之，堯時冬至在虛一度，則夏時冬至在女十度。冬至在女十度，則正月節在室十六度，月中在奎七度，無疑矣。

啟蟄，言始發蟄也。

廣雅云：啟，開也。蟄謂蟄蟲，物之巨細，或行或毛，或倮或介或鱗，皆有之。傳云言始發蟄也者，釋名云：發，撥也。撥使開也。

雁北鄉。先言雁而後言鄉者，何也？見雁而後數其鄉也。鄉者，何也？鄉其居也。雁以北方爲居，何以謂之居？

生且長焉爾九月遰鴻雁先言遰而後言鴻雁何也見遰而後數之則鴻雁也何不謂南鄉也曰非其居也故不謂南鄉記鴻雁之遰也如不記其鄉何也曰鴻不必當小正之遰者也鄭注禹貢云鴻雁之屬隨陽氣南北孔氏禹貢疏云日行夏至漸南冬至漸北鴻雁九月而南正月而北傳云雁以北方爲居者鄭注月令云凡鳥隨陰陽者不以中國爲居云鴻不必當小正之遰者也者小正九月記遰鴻雁自中國見其遰而記也但其居之遠近不可知其南鄉之時不當小正記遰之時也雉震呴震也者鳴也呴也者鼓其翼也正月必雷雷不必聞惟雉爲必聞何以謂之雷則雉震呴相識以雷說文云雉有十四種盧諸雉喬雉鳪雉鷩雉秩秩海雉翟山雉韓雉卓雉伊洛而南曰翬江淮而南曰摇南方曰𢑚東方曰甾北方曰稀西方曰蹲許氏說本

爾雅而文小異呴說文作雊云雊雌雄鳴也雷始動雉鳴而雊其頸傳云正月必雷雷者雷陰陽薄動也正月三陽已盛有與陰相薄之義故泰卦互體為震也云雷不必聞惟雉為必聞者雷動地中人或不聞雉性精剛故獨知之應而鳴也云何以謂之者謂猶記也言小正何以記雉震呴也云相識以雷者人聞雉鳴則可識雷之動於地中也漢書五行志云雉者聽察先聞雷聲故月令以紀氣

魚陟負冰陟升也負冰云者言解蟄也

負之言背也傳云負冰云者言解蟄也者解讀若解卦猶開也魚水蟲也盛寒之時蟄於水下逐其溫煖正月陽氣既上出游於水上近於冰

農緯厥耒緯束也束其耒云爾者用是見君之亦有耒也

說文云農耕也耒手耕曲木也傳云用是見君之亦有耒也者祭義曰天子為藉千畝冕而朱紘躬秉耒月令曰乃擇元辰天子親載耒耜措之於參保介之御閒帥三公九卿諸侯大夫躬耕帝藉

初歲祭耒始用暘初歲祭耒始用暘也暘也者終歲之用

祭也。其曰初云爾者，言是月始用之也。初者，始也。或

曰。祭韭也。祭讀曰察。尚書大傳云。祭之爲言察也。耒田器。初歲察耒者。省視田器。周禮曰正歲簡稼器是也。說文云。暘不生也。始用暘。謂用耒耕反其萌芽。使草不生也。傳云暘也者。終歲之用察也者。察殺也。謂草不生。終歲用耒以殺之也。鄭注鄉飲酒義云。察猶察察。嚴殺之貌也。薙氏職曰。掌殺草。春始生而萌之。夏日至而夷之。秋繩而芟之。冬日至而耜之。是終歲之事也。云言是月始用之也者。郎春始生而萌之也。云初者始也者。爾雅釋詁文。或曰。祭韭也五字。當在囿之燕者也之下。脫簡在此。

囿有見韭。囿也者。園之燕者也。孔氏詩秦風疏云。有蕃曰園。有牆曰囿。說文云。囿。苑有垣也。韭菜名。一種而久者。故謂之韭。傳云。囿也者園之燕者也者。燕謂安居之地也。穀梁宣十五年傳曰。古者公田爲居。井竈葱韭盡取焉。范注云。家作一園以種五菜。云或曰。祭韭也者。王制曰。庶人春薦韭。

時有俊風。俊者，大也。大風，南風也。何大於南風也？曰。

合冰必於南風解冰必於南風生必於南風收必於南風故大之也易曰撓萬物者莫疾乎風傳云大風南風也者說文云南方曰景風爾雅曰景大也云合冰必於南風解冰必於南風者白虎通云南者任也十月純陰陰用事陽凝於陰任成其功故有風以合冰正月陰氣漸消陽薄乎陰任散其德故有風以解冰云生必於南風收必於南風者任養萬物故曰生任成萬物故曰收也

寒日滌凍塗滌也者變也變而煖也凍塗也者凍下而澤上多也寒陰氣日謂每日言其漸也滌蕩除也廣雅云塗泥也凍塗謂地凍釋如塗泥也傳云凍下而澤上多也者澤潤液也言解凍有漸其下猶凍而其上已見滋潤之澤也

田鼠出田鼠者嗛鼠也記時也高注淮南時則云田鼠鼢鼸鼠也傳云田鼠嗛鼠也者嗛讀曰鼸爾雅曰鼢鼠鼸鼠陸氏釋文引字林云鼸鼢鼠也

農率均田率者循也均田者始除田也言農夫急除田

也。農謂農夫。爾雅曰。均易也。孟子曰。易其田疇。趙注云易治也。傳云率者循也者。爾雅釋詁文。云均田者。始除田也者。除猶脩治也。云言農夫急除田也者。農書曰。春草冒撅陳根可拔。耕者急發是也。

獺獻魚。獺祭魚。其必與之獻何也。曰非其類也。祭也者。得多也。善其祭而後食之。十月豺祭獸。謂之祭。獺祭魚。謂之獻。何也。豺祭其類。獺祭非其類。故謂之獻。大之也。說文云。獺如小狗也。水居食魚。蔡氏月令章句云。獺毛蟲。西方白虎之屬。水居而殺魚者也。高注淮南時則云。獺獱也。取鯉魚於水邊。四面陳之。謂之祭魚。傳云。非其類也者。類謂種類。獺爲毛蟲。魚爲鱗蟲。非其類也。云祭也者。得多也者。爾雅曰。多眾也。獺取魚於水邊。四面陳之。猶祭之美多品也。云謂之獻大之也者。獻者。獻其功也。左氏僖三十年傳。鷹則曰以獻。獻其功。孔氏疏云。獻者。謂呈見旌表之也。

爲鳩。鷹也者。其殺之時也。鳩也者。非其殺之時也。善變而之仁也。故其言之也曰則，盡其辭也。鳩爲鷹，變而之不仁也，故不盡其辭也。爾雅曰：鷹，鶆鳩。郭注云：鶆當爲鷞，字之誤也。左傳作鷞鳩是也。杜注昭十七年左傳云：爽鳩，鷹也。爾雅曰：鳲鳩，鴶鵴。郭注云：今之布穀也，江東呼爲穫穀。傳云鷹也者，其殺之時也者，謂五月鳩爲鷹，其時一陰始生，殺氣至矣。云鳩也者，非其殺之時也者，謂正月鷹爲鳩，其時萬物並育，不相害也。云善變而之仁也者，高注呂氏仲春紀云：鷹化爲鳩，喙正直，不鷙擊也。云故其言之也曰則，盡其辭也者，廣雅云：則，即也。若喜其速化，故極辭也。

農及雪澤，言雪澤之無高下也。雪澤者，詩曰：雨雪紛紛，益之以霡霂。鄭箋云：冬有積雪，春而益之以小雨，潤澤則饒洽是也。農夫及此雪澤，而始事於公田也。傳云言雪澤之無高下也者，詩曰：既優既渥，既霑既足是也。

初服于公田。古有公田焉者，古者先服公田，而後服其田也。爾雅曰：初，始也；服，事也。詩曰：亦服爾耕。傳云古有公田焉者者，杜氏通典云黃帝經土設井立步制畝使八家爲井井開四道而分八宅云先服公田而後服其田也者孟子曰方里而井井九百畝其中爲公田八家皆私百畝同養公田公事畢然後敢治私事

采芸爲廟采也說文云采捋取也高注呂氏仲冬紀云芸蒿菜名也傳云爲廟采也者以爲豆實也

鞠則見鞠者何也星名也鞠則見者歲再見爾鞠星名其義未聞或云鞠當爲𡂤爾雅曰咮謂之柳但小正凡星言則見者皆謂旦見東方柳在正月乃昏見也或云鞠當爲祿聲近而譌也聘珍謂此說近是葢司祿二星在危東虛北距西星去極九十度入虛四度正月節日在室十六度祿星距日四十度當得旦見東方也傳云歲再見爾者祿星正月旦見東方十月昏見西方也

初昏參中葢記時也云天官書云參爲白虎三星直者是爲衡石下有三星銳曰伐爲斬艾事其外四星左右肩股也聘珍謂正月節參去日九十度昏刻中於南方也

斗柄縣在下言斗柄者所以著參之中也天官書云北斗七星索隱云春秋運

斗樞云弟一天樞弟二旋弟三璣弟四權弟五衡弟六開陽弟七搖光弟一至弟四爲魁弟五至弟七爲杓合而爲斗說文云杓北斗柄也縣繫也傳云言斗柄者所以著參之中也者天官書云斗杓攜龍角魁枕參首參中在上斗魁枕之則其杓在下矣

柳稊稊也者發孚也說文云柳小楊也易曰枯楊生稊王注云稊者楊之秀也傳云發孚也者廣雅云孚生也

梅杏杝桃則華杝桃山桃也爾雅曰時英梅初學記引張氏毛詩義疏云梅杏類也說文云杏果名高注淮南時則云杏有竅在中象陰在內陽在外故二月其樹杏杝爾雅作榹曰榹桃山桃郭注云實如桃而小不解核爾雅曰華荂也木謂之華小正四月杏五月煑梅六月煑桃此先記其華之時也

見緹縞縞也者莎隨也緹也者其實也先言緹而後言縞何也緹先見者也何以謂之小正以著名也說文云緹帛丹黃色縞讀曰蒿傳云縞也者莎隨也者爾雅曰蒿侯莎其實媞是也說文云莎鎬侯也繫傳云莎一名鎬一名

俟菼顏注急就篇云菼即今青莎草也云緹也者其實也者實當爲色聲譌也謂緹爲縞之色也云緹先見者也者言縞初生其色丹黄先見也云小正以著名也也者言小正記物候之例以其物之先著者言之也小正緹字爾雅作媞二文不同二書之義亦異小正緹言其色爾雅媞言其實傳義甚明今青莎草正月初生未即有實可以日驗知之傳中實字當爲色郭注爾雅引此傳證成彼義誤色爲實後人不察反據郭注改易此傳千載不覺矣

雞桴粥粥也者相粥粥之時也或曰桴嫗伏也粥養也說文云雞知時畜也桴讀曰孚說文云孚卵孚也徐鍇云鳥之孚卵皆如其期不失信也鳥袌恆以爪覆其卵鄭注周禮云粥養也傳云相粥之時也者九家注易云風應節而變變不失時雞時至而鳴與風相應也二九十八主風精爲雞故雞十八日剖而成雞云或曰桴嫗伏也者樂記曰羽者嫗伏孔疏云伏體而生子也

二月爾雅曰二月爲如月令曰仲春之月聘珍謂二月節日在婁月中在胃也

往耰黍禪禪單也往謂往于田也玉篇云耰覆種也黍當爲稷鄭

注士昏禮云古文黍作稷孔氏月令疏引攷靈曜云日中星鳥可以種稷是也說文云禪衣不重也齊語曰旦莫從事於田野脫衣就功初俊羔助厥母粥俊也者大也粥也者養也言大羔能食草木而不食其母也羊蓋非其子而後養之善養而記之也或曰夏有煮祭祭者用羔是時也不足喜樂善羔之為生也而記之與羔羊腹時也羔羊子也助猶佐助也助厥母粥者謂大羔不待乳於其母其母再粥小羔也傳云粥也者養也者謂生養也樂記曰毛者孕鬻鄭注云鬻生也云言大羔能食草木而不食其母也者謂不食其母之乳也春秋繁露云駒犢未能勝芻豢之食莫如令食其母便又云羔食於其母必跪而受之云羊蓋非其子而後養之者說文云非違也違離也羊之性必俟其已生之子不食其乳違之而去而後再粥小羔云善養而記之也者美其生長蕃息也云或曰夏有煮祭祭者用羔者爾雅曰夏大也說文云煮亯也

謂大亨而祭也詩曰四之日其蚤獻羔祭韭月令曰
仲春之月天子乃鮮羔開冰先薦寢廟是也云是時
也不足喜樂善羔之爲生也而記之者爲猶助也言
是時獻羔之祭小正不記而記羔之助厥母粥也云
與羔羊腹時也者與許也嘉美之辭
爾雅曰腹厚也善羔羊厚生之時也綏多女士綏安
也冠子取婦之時也綏安也者爾雅釋詁文云冠子
取婦之時也者博物志冠辭云
欽順仲春之吉辰始加昭明之元服是古者冠以二
月也媒氏職曰中春之月令會男女鄭注云中春陰
陽交以成昏
禮順天時也丁亥萬用入學丁亥者吉日也萬也者
干戚舞也入學也者大學也謂今時大舍采也公羊
宣八
年傳曰萬者何干舞也何注云萬者其篇名傳云丁
亥者吉日也者吉善也月令曰仲春之月上丁命樂
正習舞釋菜云萬也者干戚舞也者孔氏詩邶風疏
云公羊傳曰萬者何干舞言干則有戚以干戚武事
故以萬言之是以文王世子云春夏學干戈注云干
戈萬舞象武也云大學也者王制曰夏后氏養國老

於東序鄭注云東序大學在國中王宮之東是也云謂今時大舍采也者今時即二月丁亥也大胥職曰春入學舍采合舞鄭注云鄭司農云舍舍采謂舞者皆持芬香之采或曰古者士見於君以雉爲摯見於師以采爲摯采直謂疏食菜羹之菜或曰學者皆人君卿大夫之子衣服采飾舍采者減損解釋盛服以下其師也月令仲春之月上丁命樂正習舞釋采仲丁又命樂正入學習樂元謂舍即釋也采讀爲菜始入學必釋菜禮先師也菜蘋蘩之屬

祭鮪祭不必記記鮪何也鮪之至有時美物也鮪者魚之先至者也而其至有時謹記其時

廣雅云祭薦也月令曰薦鮪於寢廟孔疏云案爾雅釋魚云鮥鮛鮪郭景純云似鱣而小建平人呼鮥子一本云鮪似鱣口在頷下音義云大者爲王鮪小者爲鮛鮪似鱣長鼻體無鱗甲傳云鮪之至有時美物也者高注淮南氾論云鮪大魚長丈餘仲春二月從西河上得過龍門便爲龍初學記引張氏毛詩義疏云鮪魚出海二月從河上來穀梁成十七年傳曰祭者薦其時也薦其美也非享味也

榮

菫采蘩菫菜也蘩由胡由胡者蘩母也蘩母者旁勃也皆豆實也故記之爾雅曰蘦苦菫郭注云今菫葵也葉似柳子如米汋食之滑爾雅曰蘩皤蒿郭注云白蒿傳云蘩由胡由胡者蘩母也蘩蘩母者旁勃也者孔氏隱三年左傳疏云陸璣云凡艾白色爲皤蒿今白蒿春始生及秋香美可生食又可蒸一名遊胡北海人謂之旁勃故大戴禮夏小正傳曰蘩遊胡遊胡旁勃也云皆豆實也者皆菫與蘩也醢人職曰饋食之豆其實葵菹即菫葵也詩曰于以采蘩毛傳云蘩皤蒿也鄭箋云執蘩菜者以豆薦蘩菹昆小蟲抵蚳昆者衆也由魂魂也由魂魂也者動也小蟲動也其先言動而後言蟲者何也萬物至是動而後著抵猶推也蚳螘卵也爲祭醢也取之則必推之推之不必取之取必推而不言取小蟲螘蟲也傳云由魂魂也者動也者由讀曰猶白虎通云魂猶伝伝也

行不休也少陽之氣故動不息云萬物至是動而後著者著見也月令曰仲春之月雷乃發聲始電蟄蟲咸動啟戶始出云抵猶推也者推謂推擇也云蚳螘卵也爲祭醢也者醢人職曰饋食之豆蚳醢鄭注云蚳蛾子云取必推而不言取者謂取其物必先推擇推擇者取不取未定之辭也故不言取來降燕乃睇燕乙也降者下也言來者何也莫能見其始出也故曰來降言乃睇何也睇者眄也眄者視可爲室者也百鳥皆曰巢突穴取與之室何也操泥而就家人人內也爾雅曰燕燕鳦郭注云詩曰燕燕于飛一名元鳥齊人呼鳦廣雅云睇視也方言云睇眄也陳楚之閒南楚之外曰睇傳云莫能見其始出也故曰來降者鄭注月令云言降者若時始自天來重之也云視可爲室者也者說文云室實也从宀从至至所止也云百鳥皆曰巢者說文云鳥在木上曰巢云突穴取與之室云者說文云突深也从穴从火从求省穴土室也顏注五行志云取讀曰

聚燕之窠穴聚居，不謂之巢，而謂之室者，以其能操泥而就人家，入其內也。爾雅曰：牖戶之閒謂之扆，其內謂之家。剝鱓以爲鼓也。說文云：剝，裂也，从刀从彔，彔，刻割也。又云：鱓魚名，皮可爲鼓。有鳴倉庚。倉庚者，商庚也。商庚者，長股也。爾雅曰：倉庚，商庚。郭注云：即鶬黃也。孔氏詩疏引陸璣云：黃鳥，黃鸝留也。或謂之黃栗留，幽州人謂之黃鸎，一名倉庚，一名商庚，一名鵹黃，一名楚雀，齊人謂之搏黍。榮芸，時有見稊，始收。有見稊而後始收，是小正序也。小正之序時也，皆若是也。稊者，所爲豆實。榮，華也，盛也。芸，即正月采芸，至二月則榮矣。時，是也。謂是芸也。稊，秀也。收，采取也。時有見稊始收者，言是芸於正月發稊之時始收矣。云稊者所爲豆實者，即上傳云爲廟采也。三月。爾雅曰：三月爲寎。月令曰：季春之月。聘珍謂：三月節，日在昴，月中在畢。參則伏。伏者，非亡之辭也，星無時而不見，我有不見之時，故曰伏云。

三月中後日躔參宿故參伏而不見也傳云星無時而不見我有不見之時故曰伏云者恆星隨宗動天東出西入逐時皆有出入地平之恆星逐星皆有出入地平之時刻因節氣有冬夏晝夜有永短人居有南北故所見恆星出入之時刻因時各異隨地不同也

攝桑桑攝而記之急桑也說文云攝引持也桑蠶所食葉木

委楊楊則苑而後記之說文云委委隨也从女从禾臣鉉等曰委曲也取其禾穀垂穗委曲之貌故從禾爾雅曰楊蒲柳傳云苑而後記之者韋注晉語云苑茂木也

䍬羊羊有相還之時其類䍬䍬然記變爾或曰䍬羝也䍬讀曰䍴說文云䍴羊相𦏁也𦏁䍴羊也羝牡羊也

鼓則鳴鼓天螻也爾雅曰鼓天螻郭注云螻蛄也

頒冰頒冰也者分冰以授大夫也左氏昭四年傳曰古者日在北陸而藏冰又曰火出而畢賦昭十七年傳曰火出於夏爲三月傳云分冰以授大夫也者左傳曰大夫命婦喪浴用冰是也

采識識草也識當爲蘵爾雅曰蘵

黃蔯，郭注云：藏草葉似酸漿，花小而白，中心黃，江東以作菹食。妾子始蠶，先妾而後子，何也？曰：事有漸也，言事自卑者始。釋名云：妾，接也，以賤見接幸也。鄭注月令引夏小正曰：妾子始蠶。孔疏引皇氏云：子，謂外內子女。山陽汪閣學云：子，指正妻，對妾文也。爾雅曰：蟓，桑繭。郭注云：食桑葉作繭者，郎今蠶。鄭注周禮馬質云：蠶為龍精，月直大火則浴其種。執養宮事。執，操也；養，長也。宮，蠶室也。事，謂蠶事。祭義曰：古者天子諸侯必有公桑蠶室，近川而為之，築宮仞有三尺，棘牆而外閉之。及大昕之朝，君皮弁素積，卜三宮之夫人世婦之吉者，使入蠶於蠶室。奉種浴於川，桑於公桑，風戾以食之。歲既單矣，世婦卒蠶，奉繭以示於君，遂獻繭於夫人。及良日，夫人繅，三盆手，遂布於三宮夫人世婦之吉者使繅。遂朱綠之，玄黃之，以為黼黻文章。鄭注云：歲單，謂三月月盡之後也。言歲者，蠶歲之大功，事畢於此也。祈麥實。麥實者，五穀之先見者，故急祈而記之也。說文云：麥，芒穀，秋種厚薶，故謂之麥。麥，金也，金王而生，火王而死从來有穗者从久月令曰季春之月乃爲麥祈實鄭注云於含秀求其成也傳云麥實者五穀之先見者者鄭注周禮疾醫云五穀麻黍稷麥豆也管子云麥者穀之始也越有小旱越于也記是時恆有小旱論衡云久暘爲旱顏注漢書云粤古越字爾雅曰粤于也田鼠化爲鴽鴽鶕也變而之善故盡其辭也鴽爲鼠變而之不善故不盡其辭也爾雅曰鴽鴾母郭注云鶕也青州呼鴾母高注呂氏季春紀云田鼠鼸鼠也鴽鶕青州謂之鴾母周雒謂之鴽幽州謂之鶕也拂桐芭拂也者拂也桐芭之時也或曰言桐芭始生貌拂拂然也爾雅曰榮桐木郭注云即梧桐芭讀曰葩說文云葩華也傳云言桐芭始生貌拂拂然也者蔡氏月令章句云桐木之後華者也稱之故曰始易緯曰桐枝濡毳而又空中難成易傷須成氣而後華鳴鳩言始相命也先鳴而後鳩何也鳩者鳴而後知其鳩也

爾雅曰鶌鳩鶻鵃郭注云似山雀而小短尾青黑色多聲今江東亦呼爲鶻鵃孔氏昭十七年左傳疏云舍人云鶌鳩一名鶻鵃今之班鳩也廣雅云命呼也**四月**爾雅曰四月爲余月令曰孟夏之月聘珍謂四月日在井**昴則見**天官書云昴曰旄頭爾雅曰西陸昴也左氏昭四年傳曰西陸朝覿孔疏云鄭答其弟子孫皓云西陸朝覿謂四月立夏之時聘珍謂四月節昴去日四十一度故得旦見東方也**初昏南門正南門者星也歲再見壹正蓋大正所取法也**南門亢宿上下二星名也天官書云亢爲疏廟其南北兩大星曰南門是也亢宿四星星距南弟二星去極九十六度其北弟一星正當赤道四月中日在井十八度亢弟五度去日一百零十二度昏刻正於中也大衍厤議以庫樓南之南門當夏小正之南門史記正義亦以庫樓南之南門當亢宿上下二星並非是傳云歲再見壹正者亢宿四月正於中九月旦見東方六月昏見西方也云蓋大正所取法也者廣雅云正君也鄭注月令云凡記昏明中星者爲人君南面而聽天下視時候以授民事也獨於南門

言取法者晉書天文志云亢天子之內朝也總攝天下奏事聽訟理獄錄功者也**鳴札札者寧縣也鳴而後知之故先鳴而後札**爾雅曰蛍蜻蜻郭注云如蟬而小方言云有文者謂之螓夏小正曰鳴蛍虎縣也**圉有見杏圉者山之燕者也**正月則華四月見其實矣**鳴蜮蜮也者或曰屈造之屬也**說文蟈注云蜮又从國鄭注周禮云鄭司農蟈讀爲蜮蜮蝦蟇也月令曰螻蟈鳴高注淮南說林云鼓造一曰蝦蟇**王萯秀**月令曰王瓜生鄭注云王瓜萆挈也今月令云王萯生夏小正云王萯莠未聞孰是詩曰四月秀葽鄭箋云夏小正四月王萯秀葽其是乎**取荼荼也者以爲君薦蔣也**爾雅曰荼苦菜郭注云詩曰誰謂荼苦苦菜可食月令曰孟夏之月苦菜秀傳云以爲君薦蔣也者爾雅曰薦進也說文云雕苽一名蔣膳夫職曰凡王之饋食用六穀鄭司農云六穀稌黍稷粱麥苽苽雕胡也**秀幽**爾雅曰不榮而實者謂之秀幽義未聞或云毛詩四月秀葽幽葽聲譌也但鄭氏箋詩疑

王蕢爲萋或云亦未確也。越有大旱，記時爾。鄭注月令云：陽氣盛而常旱。孔疏云：以四月純陽用事。女巫職曰：暵旱則舞雩。左氏桓五年傳曰：龍見而雩。杜注云：龍見，建巳之月。執陟攻駒。執也者，始執駒也。執駒也者，離之去母也。陟，升也。執而升之君也。攻駒也者，教之服車，數舍之也。校人職曰：執駒。鄭注云：鄭司農云：執駒，無令近母。二歲曰駒。元謂執猶拘也。春通淫之時，駒血氣未定，爲其乘匹傷之。傳云執而升之君也者，謂擇其良者以爲王六馬之屬也。校人職曰：掌王馬之政，辨六馬之屬，是也。云教之服車數舍之也者，服，閑習也。舍，釋也。庾人職曰：佚特教駣。鄭注云：杜子春云：佚當爲逸。元謂逸者，用之不使甚勞，安其血氣也。教駣者，始乘習之也。五月。爾雅曰：五月爲臯。月令曰：仲夏之月。聘珍謂：五月節，日在井。五月中，在柳。參則見。參也者，伐星也，故盡其辭也。五月節，參去日四十二度，得旦見東方也。傳云參也者伐星也者，毛詩召南傳云：參，伐也。孔疏云：參實三星，故綢繆傳云三星參也以伐與參連體參爲列宿統名之若同一宿然但伐亦爲大星與參互見皆得相統故周禮熊旂六旒以象伐注云伐屬白虎宿與參連體而六星言六旒以象伐明伐得統參也是以演孔圖云參以斬伐公羊傳曰伐爲大辰皆互舉相見之文也故言參伐也見同體之義

浮游有殷

殷衆也浮游殷之時也浮游者渠略也朝生而莫死稱有何也有見也

爾雅曰蜉蝣渠略郭注云似蛣蜣身狹而長有角黃黑色聚生糞土中朝生莫死豬好啖之傳云浮游殷之時也者孔氏詩曹風疏云陸璣云蜉蝣方土語也通謂之渠略夏月陰雨時地中出樊光謂之糞中蝎蟲隨陰雨時爲之

鴂則鳴

鴂者百鷯也鳴者相命也其不辜之時也是善之故盡其辭也

爾雅曰鶪伯勞也郭注云似鶷鶡而大左傳曰伯趙氏邵氏爾雅正義云李巡云伯勞一名鶪通作鴂詩疏引陳思王惡鳥論云伯勞以五月鳴應陰氣而動傳云其不辜之時也者鄭注周禮掌戮云辜之言枯也謂磔之

不辜者不殺也。淮南天文云：曰夏至鷙鳥不摶黃口。高注云：五月微陰在下，黃口肌血脆弱未成，故鷙鳥應陰不摶也。

時有養日。養，長也。一則在本，一則在末，故其記曰時養日云也。日竝當爲白。宋本日竝作白。朱子儀禮經傳通解夏小正篇注云：大戴日作白。聘珍謂：白虎通三正云：白者陰氣。時有養白，謂五月中時陰氣方生也。傳云養長長也者，長爲生長之長，非長短之長。云一則在本者，本，始也，謂一陰始生也。云一則在末者，末，微也，謂一陰始生而尚微也。云故其記曰時養白云也者，謂一陰雖微，而其勢方長，謹記其時也。

乃瓜。乃者，急瓜之辭也。瓜也者，始食瓜也。山陽汪閣學云：此似郎剝瓜之瓜，非月令仲夏之王瓜也。王瓜，藥物，非可食者。

良蜩鳴。良蜩也者，五采具。良讀曰蜆。爾雅曰：蜩，蜆蜩。郭注云：夏小正傳曰：蜆蜩者，五彩具。方言云：蟬，楚謂之蜩，宋衞之閒謂之螗蜩，陳鄭之閒謂之蜆蜩，秦晉之閒謂之蟬。

匽之興，五日翕，望乃伏。其不言生而稱興，何也不知其生之時故曰興以其興也故言之興五日翕也望也者月之望也而伏云者不知其死也故謂之伏五日也者十五日也翕也者合也伏也者入而不見也匽讀曰蝘詩曰如蜩如螗毛傳云蜩蟬也螗蝘也孔疏云釋蟲云蝒蜩螗蜩舍人云皆蟬也方語不同三輔以西爲蜩梁宋以東謂蜩爲蝘楚語謂之蟪蛄陸璣疏云螗一名蝘蚒字林蚒或作蟟也青徐人謂之螇螰然則螗蝘亦蟬之別名耳傳云不知其生之時云云者邵氏爾雅正義云論衡無形篇蠐螬化而爲復育復育轉而爲蟬蟬生兩翼不類蠐螬是蟬以化轉而生故小正云不知其生之時也十五日而合十五日而伏卽淮南說林所云蟬三十日而蛻也

啟灌藍蓼啟者別也陶而疏之也灌也者聚生者也記時也爾雅曰葴馬藍郭注云今大葉冬藍也月令曰仲夏之月令民無刈藍以染鄭注云爲傷長氣也此月藍始可別夏小正曰啟灌藍

蓼。孔疏云：熊氏云：灌，謂叢生也。言開闢此叢生藍蓼，分移使之稀散也。

鳩爲鷹。月令曰：季夏之月，鷹乃學習。孔氏疏引鄭志云：焦氏問云：仲秋乃鳩化爲鷹，仲春鷹化爲鳩，六月何言曰鷹學習乎？張逸答曰：鷹雖爲鳩，亦自有眞鷹可習矣。聘珍謂鄭注周禮司裘云：中秋鳩化爲鷹。故焦氏舉以爲問。張答云：自有眞鷹可習，亦遷就其說，不用小正五月鳩爲鷹之義。寶則五月鳩爲鷹，六月始摯，七月祭鳥。

唐蜩鳴。唐蜩者，匽也。唐讀曰螗，匽讀曰蝘。爾雅曰：螗蜩。郭注云：夏小正傳曰：螗蜩者，蝘。俗呼爲蟬，江南謂之螗蛦。

初昏大火中。大火者，心也。心中，種黍菽糜時也。爾雅曰：大火謂之大辰。郭注云：大火，心也。在中最明，故主時候焉。聘珍謂五月中，日在柳，心宿去日一百十八度，昏刻中於南方。傳云心中，種黍菽糜時也者，說文云：種，蓺也。黍，禾屬而黏者也。菽謂戎菽，大豆也。詩曰：蓺之荏菽。毛傳云：荏菽，戎菽。鄭箋云：戎菽，大豆也。淮南主術云：大火中則種黍菽。氾勝之書云：三月榆莢時有雨，高田可種大豆。夏至後二十日尚可種。糜當爲穈，形近譌也。說文云：穈，穄也。

从黍麻聲。一切經音義十一引蒼頡云：穄，大黍也，似黍而不黏，關西謂之糜。是糜亦黍屬，故可同時而種。孔氏月令疏引考靈曜云：主夏者心星，昏中可以種黍是也。**煑梅爲豆實也。**籩人職曰：饋食之籩，其實棗、栗、桃、乾䕩。鄭注云：乾䕩，乾梅也。內則曰：梅諸。並謂煮梅乾之爲腊也。初學記引張氏毛詩義疏云：梅，杏類也。樹及葉皆如杏而黑耳。暴乾爲腊，置羹臛韲中，又可含以香口。**蓄蘭爲沐浴也。**說文云：蓄，積也。蘭，香草也。傳云：爲沐浴也者，說文繫傳云：本草：蘭葉皆似澤蘭。澤蘭方莖，蘭員莖，白花紫萼，皆生澤畔。八月花。楚辭曰：浴蘭湯兮沐芳華。本草：蘭草辟不祥，故絜齊以事大神也。臣又案本草：蘭入藥，四五月采，謂采枝葉也。**菽糜以在經中，又言之時何也？是食矩關而記之。**菽，大豆。郭注爾雅釋言云：粥之稠者曰糜。菽糜，謂以菽爲糜也。邵氏爾雅正義云：王禎農書云：大豆有白黑黃三種。白者粥飲皆可拌食。農桑輯要引氾勝之書云：大豆保歲易爲宜，古之所以備凶年也。傳義未詳。舊注云：矩關，一作短閔。**頒馬，分夫婦之駒也。**校人

職曰夏祭先牧頒馬攻特傳云分夫婦之駒也者月令曰仲夏之月游牝別羣鄭注云孕妊之欲止也

將閑諸則或取離駒納之則法也閑讀曰閑習也詩曰比物四驪閑之維則毛傳云則法也傳云離駒者即四月傳所云離之去母者也

六月爾雅曰六月為且月令曰季夏之月聘珍謂六月節日在張月中在翼

初昏斗柄正在上五月大火中六月斗柄正在上用此見斗柄之不正當心也蓋當依依尾也心謂大火心星也尾謂尾星皆蒼龍之宿六月初昏尾中於南天官書云杓攜龍角孟康云杓北斗柄也龍角東方宿也攜連也案東方七宿角亢氐房心尾箕統言之皆曰龍角散言之則斗柄實當尾故尾中而斗柄在上也

煮桃桃也者杝桃也杝桃也者山桃也煮以為豆實也籩人職曰饋食之籩其實桃內則曰桃諸梅諸卵鹽孔疏云王肅云諸菹也桃菹即今之藏桃也欲藏之時必先稍乾之聘珍謂欲乾之時先以卵鹽煮之故小正

曰煮梅煮桃也鷹始摯始摯而言之何也諱殺之辭也故言摯云摯讀曰擊月令曰季夏之月鷹乃學習鄭注云鷹學習謂攫搏也孔疏云於時二陰既起鷹感陰氣乃有殺心學習搏擊之事七月爾雅曰七月爲相月令曰孟秋之月聘珍謂七月節日在翼月中在軫秀雚葦未秀則不爲雚葦秀然後爲雚葦故先言秀韋注周語云榮而不實曰秀詩曰八月雚葦毛傳云薍爲雚葭爲葦孔疏云釋草云菼薍樊光云菼初生蒠息理反騅邑海濱曰薍郭璞云似葦而小釋草又云葭華舍人云葭一名華樊光引詩云彼茁者葭郭璞云即今蘆也釋草又云葭蘆郭璞云葦也然則此二草初生者爲菼長大爲薍成則名爲雚初生爲葭長大爲蘆成則名爲葦小大之異名故云薍爲雚葭爲葦此對文耳散則通矣貍子肇肆肇始也肆遂也言其始遂也其或曰肆殺也爾雅曰貍子隸郭注云今或呼豾貍說文云貍伏獸似貙鄭注周禮云貍善搏者也湟潦生苹湟下

處也有湟然後有潦有潦而後有華草也說文云潦雨水大貌
爾雅曰苹藾蕭詩曰呦呦鹿鳴食野之苹是也爾雅
曰苹蓱郭注云水中浮蓱江東謂之薸此即月令季
春之月萍始生也非生於七月者爽死爽也者猶疏也死亡也左氏僖十五年傳
曰歲云秋矣我落其實而取其材實落材亡傳云猶
疏也者謂疏材也大宰職曰聚斂疏材鄭注云疏材
百草根實可食者賈疏云百草或取根謂若菱芡之屬或取實謂若榛栗之屬荓秀荓也者
馬帚也爾雅曰荓馬帚郭注云似蓍可以為掃彗漢案戶漢也者河也案
戶也者直戶也言正南北也詩曰維天有漢毛傳云漢天河也孔疏云河圖
括地象云河精上為天漢楊泉物理論云漢水之精
也氣發而著精華浮上宛轉隨流名曰天河一曰雲
漢傳云言正南北也者大河起自箕尾沒於七星
南畔七月初昏箕尾中於南故天河自南而北也寒
蟬鳴寒蟬也者蝭蠑也爾雅曰蜺寒蜩郭注云寒螿也似蟬而小青色傳云蝭蠑

也者蠑或爲蟧玉篇廣韻並云蝭蟧小蟬也爾雅曰蜓蚞螇螰郭注云卽蝭蟧也一名蟪蛄齊人呼螇螰

初昏織女正東鄉天官書云婺女其北織女織女天女孫也張氏正義云在河北天紀東聘珍謂東鄉者鄉營室東壁也

時有霖雨左氏隱九年傳曰凡雨自三日以往爲霖

灌荼灌聚也荼萑葦之秀爲蔣褚之也萑未秀爲菼葦未秀爲蘆鄭氏詩鄭風箋云荼茅秀物之輕者飛行無常孔疏云是茅草秀出之穗聘珍謂掌荼職曰以時聚荼旣夕禮曰茵著用荼皆是也傳云爲蔣褚之也者蔣謂萑葦色青而華之時褚蓄也說文云蔣菰蔣也繫傳云菰草也青謂之菰蔣枯謂之芻茭

斗柄縣在下則旦天官書云斗杓擕龍角魁枕參首衡殷南斗用昏建者杓夜半建者衡平旦建者魁七月初昏斗柄建申平旦建子柄建子則下垂矣

八月爾雅曰八月爲壯月令曰仲秋之月聘珍謂八月節日在角月中在氏

剝瓜畜瓜之時也詩曰疆場有瓜是剝是蒩毛傳云剝瓜以爲蒩也元校元

也者黑也校也者若綠色然婦人未嫁者衣之說文云黑而有赤色者爲元校讀曰絞鄭注雜記云采青黃之閒曰絞傳云絞絞也者若綠色然者說文云綠帛青黃色也元絞之爲色五采皆備染人職曰秋染夏鄭注云染夏者染五色謂之夏者其色以夏狄爲飾禹貢曰羽畎夏狄是其總名其類有六曰翬曰搖曰䴋曰甾曰希曰蹲其毛羽五色皆備成章染者擬以爲深淺之度是以放而取名焉剝棗剝也者取也詩曰八月剝棗毛傳云剝擊也孔疏云棗須就樹取之所以剝爲擊也棗零零也者降也零而後取之故不言剝也說文云棗木也其實下垂爾雅曰降落也丹鳥羞白鳥丹鳥者謂丹良也白鳥謂閩蚋也其謂之鳥何也重其養者也有翼者爲鳥羞也者進也不盡食也月令曰羣鳥養羞鄭注云羞謂所食也夏小正曰九月丹鳥羞白鳥說曰丹鳥也者謂丹良也白鳥也者謂閩蚋也其謂之鳥者重其養

者也有翼爲鳥養也者不盡食也二者文異羣鳥丹良未聞孰是孔疏云云夏小正曰九月丹鳥羞白鳥者今案大戴禮八月丹鳥羞白鳥今云九月者鄭所見本異也丹鳥以白鳥爲珍羞故云丹鳥羞白鳥云說曰丹鳥也者以下至不盡食皆小正文白鳥也者謂閩蚋也其謂之鳥者重其所養者丹良是蟲乃謂之鳥是重其所養之物不盡食之雖蟲而謂鳥也但未知丹良竟是何物皇氏以爲丹良是螢火今案爾雅釋蟲郭氏等諸釋皆不云螢火是丹良未聞皇氏何所依據云二者文異羣鳥丹良未聞孰是者月令云羣鳥夏小正說者云丹良故云羣鳥丹良未聞孰是

辰則伏辰也者謂星也伏也者入而不見也

辰謂辰角也周語曰辰角見而雨畢韋注云辰角大辰蒼龍之角角角星名也八月節日在角角星與日俱沒故入而不見也

鹿人從鹿人從者從羣也鹿之養也離羣而善之離而生非所知時也故記從不記離君子之居幽也不言或曰人從也者大

者於外，小者於内，率之也。爾雅曰：鹿，牡麚，牝麀，其子麛，其跡速，絕有力麉。從者，隨也。人從者，言如人之相聽從也。傳云「鹿之養也離」者，養謂孕妊生養之時，離謂離其羣也。云「鹿羣而善之」者，說文云：鹿之性，見食急則必旅行。淮南泰族云：鹿鳴興於獸，君子大之，取見其食而相呼也。云「離而生，非所知時也，故記從不記離」者，謂鹿之性，孕妊之時，必離羣而後生小鹿，既生而後從羣，不知其離之時，弟見其從而記之，不億其離而記之也。云「君子之居幽也，不言」者，居處也。幽謂幽隱不明之事，則不言也。

鴽爲鼠。三月傳曰：鴽爲鼠，變而之不善，故不盡其辭也。鼠，田鼠也。田鼠，害稼者也，故不善。郊特牲曰：迎猫，爲其食田鼠也。

參中則旦。大衍厤議云：八月參中則曙，失傳也。辰伏則參見，非中也。聘珍謂古法秋分昏明中星去日百度，夏時八月中，日在氐七度，參初去日一百四十九度，非中也。

九月。爾雅曰：九月爲元。月令曰：季秋之月。聘珍謂九月節，日在心，月中在尾。

內火。內火也者，大火。大火也者，心也。爾雅曰：大辰，房心尾也。大火謂之大辰。九月日躔心尾，故大火入而不見也說文云內入也。遰鴻雁。遰往也。月令曰季秋之月鴻雁來賓傳云遰往也者雁以北方爲居自北而南則曰往自南而北則曰來主夫出火。主夫也者，主以時縱火也。王制曰昆蟲未蟄不以火田月令曰季秋之月蟄蟲咸俯在內皆墐其戶又曰天子乃教於田獵傳云縱火者謂縱火張羅也陟元鳥蟄。陟升也。元鳥也者，燕也。先言陟而後言蟄，何也。陟而後蟄也。月令曰元鳥歸鄭注云元鳥燕也歸謂去蟄也熊羆貊貉。鼶鼬則穴，若蟄而。爾雅曰熊虎醜其子狗絕有力麙說文云熊獸似豕山居冬蟄爾雅曰羆如熊黃白文廣韻云貉同貈說文云貈似狐善睡獸爾雅曰鼶鼠郭注云夏小正曰鼶鼬則穴爾雅曰鼬鼠郭注云今鼬似鼶赤黃色大尾啖鼠江東呼爲鼪則穴者鄭注穴氏云穴搏蟄獸所藏者若蟄而者若順也蟄藏也言此六物順時而藏凡獸蟄皆藏於穴中也而語辭榮鞠樹麥。鞠，草也。鞠榮而樹麥，時之急也。

爾雅曰鞠治蘠郭注云今之秋華菊月令曰季秋之月鞠有黃華樹謂蓺植也傳云時之急也者孔氏月令疏云蔡氏云陽氣初胎於酉故八月薺麥應時而生九月則時之急也王始裘王始裘者何也衣裘之時也高注呂氏孟冬紀云裘温服司裘職曰季秋獻功裘辰繫于日辰謂大辰房心尾也繫聯綴也九月辰與日俱出俱入故云繫也雀入于海爲蛤蓋有矣非常入也月令曰爵入大水爲蛤鄭注云大水海也高注呂氏季秋紀作賓雀入大水爲蛤云賓雀者老雀也棲宿于人堂宇之間有似賓客故謂之賓雀大水海也傳曰雀入于海爲蛤此之謂也說文云蛤蜃屬有三皆生于海千歲化爲蛤秦謂之牡厲又云百歲燕所化魁蛤一名復累老服翼所化十月爾雅曰十月爲陽鄭氏詩小雅箋云十月爲陽時坤用事嫌於無陽故以名此月爲陽月令曰孟冬之月聘珍謂十月節日在箕月中在斗豺祭獸善其祭而後食之也爾雅曰豺狗足高注呂氏季秋紀云豺獸也似狗而長毛其色黃殺獸四圍陳之所

謂祭獸也。初昏南門見。南門者。星名也。及此再見矣。經傳文有譌變。十月初昏南門伏。非見也。黑鳥浴。黑鳥者何也。烏也。浴也者。飛乍高乍下也。說文云。烏。孝鳥也。廣韻引爾雅曰。純黑而返哺者謂之烏。小而不返哺者謂之鵶。傳云浴也者。飛乍高乍下也者。謂鳥飛迎風。而自潔其毛羽也。時有養夜。養者。長也。若日之長也。論衡說日云。夜。陰也。時有養夜者。鄭注周易云。建戌之月。以陽氣既盡。建亥之月。純陰用事也。傳云養者長也者。謂生長也。云若日之長也者。小爾雅云。若。乃也。漢書天文志云。日。陽也。十月純陰。何云陽長。易曰。剝窮上反下。蓋剝卦上九一畫爲三十分。一日剝一分。至九月盡方盡。然陽氣無間可息。剝於上。則生於下。至十月一日。便生一分。積三十分而成一畫。故十一月一陽復而養之。則自十月始矣。十月純陰。乃所以養陽也。元雉入于淮爲蜃。蜃者。蒲盧也。左氏昭十七年傳曰。丹鳥氏。司閉者也。杜注云。丹鳥。鷩雉也。以立秋來。立冬去。入水爲蜃。說文云。淮水[illegible]

南陽平氏桐柏大復山東南入海鄭注月令云大蛤曰蜃織女正北鄉則旦織女星名也織女三星距大星去極五十二度牛入斗十五度十月中後旦刻見於東北方十一月爾雅曰十一月爲辜月令曰仲冬之月聘珍謂十一月節日在牛月中在女王狩狩者言王之時田也冬獵爲狩大司馬職曰中冬教大閱遂以狩田鄭注云言守取之無所擇也何注公羊傳云狩猶獸也冬時禽獸長大遭獸可取說文云獵放獵逐禽也傳云冬獵爲狩者爾雅釋天文陳筋革陳筋革者省兵甲也陳列也傳云陳筋革者省兵甲也者考工記曰弓人爲弓筋也者取其深也函人爲甲必先爲容然後制革嗇人不從不從者弗行嗇省也嗇人謂省嗇徒衆也不從謂不從王狩也郊特牲曰唯爲社田國人畢作鄭注云畢作人則盡行非徒羨也冬狩非爲社事故有不行者于時月也萬物不通月令曰天氣上騰地氣下降天地不通閉塞而成冬易曰先王以至日閉關商旅不行后不省方隕

麋角隕墜也日冬至陽氣至始動諸向生皆蒙蒙符矣故麋角隕記時焉爾爾雅曰麋牡麔牝麎其子麇說文云麋鹿屬傳云隕墜也者爾雅釋詁文云日冬至陽氣至始動諸向生皆蒙蒙符矣者鄭注周易云蒙蒙物初生形是其未開著之名也符信也驗也萬物應微陽而動皆有信驗也月令曰日短至陰陽爭諸生蕩鄭注云爭者陰方盛陽欲起也蕩謂物動萌芽也云故麋角隕記時焉爾者高注淮南時則云麋角解墮皆應微陽氣也十二月爾雅曰十二月爲涂月令曰季冬之月聘珍謂十二月節日在危月中在室鳴弋弋也者禽也先言鳴而後言弋者何也鳴而後知其弋也弋謂鷙鳥也鷹隼之屬繳射曰弋十二月鷹隼取鳥捷疾嚴猛亦如弋射故謂之弋月令曰季冬之月征鳥厲疾是也元駒賁元駒也者螘也賁者何也走於地中也爾雅曰蚍蜉大螘小者螘方言云蚍蜉齊魯之閒謂之蚼蟓西南梁益之閒謂之元蚼燕謂之

蛾蚌傳云走於地中也者感陽氣而動於蟄中納卵蒜卵蒜也者本如卵者也納者何也納之君也爾雅曰蒿山蒜說文云蒜葷菜也虞人入梁虞人官也梁者主設罔罟者也虞人掌水之官水虞漁師是也王制曰虞人入澤梁鄭注云梁絕水取魚者傳云罔罟者爾雅曰緵罟謂之九罭九罭魚罔也隕麋角蓋陽氣旦睹也故記之也傳云蓋陽氣旦睹也故記之也者爾雅曰旦早也廣雅云睹見也陽氣旦睹謂十一月一陽來復陽氣早見已有隕麋角之事矣十二月亦有隕者物候各有不齊故經重記之孔氏月令疏云若節氣早則麋角十一月解故夏小正云十一月麋角隕墜是也若節氣晚則十二月麋角解故小正云十二月隕麋角

大戴禮記解詁卷之三終　姪嘉會校

大戴禮記解詁卷之三

南城王聘珍學

保傅第四十八

殷爲天子三十餘世而周受之少閒曰成湯卒崩二十有二世乃有武丁即位武丁崩九世乃有末孫紂即位漢書律麻志云凡殷世繼嗣三十一王六百二十九歲周爲天子三十餘世而秦受之李注文選卷十云戰國策呂不韋云周凡三十七王八百六十七年秦爲天子二世而亡二世謂始皇胡亥也凡十有五年人性非甚相遠也何殷周有道之長而秦無道之暴其故可知也盧注云孔子曰性相近暴卒疾也古之王者太子乃生固舉之禮使士負之乃始也固必也禮謂太子生之禮左氏桓六年傳曰子同生以太子生之

禮舉之接以大牢卜士負之有司參夙興端冕見之南郊見之天也有司謂執事者參當爲齋形近而譌也齋戒潔也夙早敬也端冕謂元衣元冕卿大夫祭服也南郊祭天之處郊特牲曰兆於南郊就陽位也過闕則下過廟則趨孝子之道也故自爲赤子時敎固以行矣爾雅曰觀謂之闕廣雅云象魏闕也下謂下車釋名云廟貌也先祖形貌所在也趨疾行也顏注漢書云赤子言其新生未有眉髮其色赤聘珍謂此言太子之南郊過闕廟也昔者周成王幼在襁褓之中張氏史記正義云襁約小兒於背而負行褓小兒被也盧注云武王崩成王年十三也而云在襁褓之中言其小聘珍謂孔氏明堂位疏云王肅以家語之文武王崩成王年十三鄭康成用衞宏之說武王崩成王年十歲也召公爲太保周公爲太傅太公爲太師史記世家云召公奭與周同姓姓姬氏周武王之滅紂封召公於北燕其在成王時召公爲三公周公旦者周武王弟也武王既崩

卒相成王太公望呂尙者本姓姜氏爲文武師尙書序云召公爲保周公爲師相成王爲左右孔疏云經傳皆言成王時太公爲太師此言周公爲師蓋太公薨周公代之**保保其身體**文王世子曰保也者愼其身以輔翼之而歸諸道者也鄭彼注云愼其身者謹安護之**傳傳之德義**廣雅云傳敷也相也傳之德義者敷陳德義以相之也文王世子曰太傅審父子君臣之道以示之**師導之教訓**文王世子曰師也者教之以事而喻諸德者也**此三公之職也**韓詩外傳云三公者何曰司空司馬司徒也鄭注地官序官云三公者內與王論道中參六官之事賈疏云書傳云天子三公一曰司徒公二曰司馬公三曰司空公鄭彼注云周禮天子六卿與太宰司徒同職者則謂之司徒公宗伯司馬同職者則謂之司馬公與司寇司空同職者則謂之司空公一公兼二卿擧下以爲稱漢書百官公卿表云太師太傅太保是爲三公蓋參天子坐而議政無不總統故不以一職爲官名記曰三公無官言有其人然後充之舜之於堯伊尹於湯周公召公於周是也或說司馬主天司徒主

人。司空主土。是為三公。於是為置三少。皆上大夫也。曰少保、少傅、少師。盧注云。卿也。謂之孤也。聘珍謂漢書云。少師少傅少保。是為孤卿。與六卿為九焉。考工記曰。九卿朝焉。鄭彼注云。六卿三孤為九卿。三孤佐三公論道也。是與太子宴者也。是是三公三少也。宴。謂宴尼居息也。文王世子曰。太傅在前。少傅在後。入則有保。出則有師。盧注云。記者因成王幼稚。周公居攝。又以王少漸賢聖之訓。長終封禪之美。故據其成事。大概同於太子。而始末敘之。取明殷周之隆。師友為先也。故孩提。三公三少。固明孝仁禮義以導習之也。趙注孟子云。孩提。二三歲之閒。在襁褓。知孩笑。可提抱者也。聘珍謂善於父母為孝。仁。愛人以及物。禮運曰。禮義也者。人之大端也。習。謂便習之。逐去邪人。不使見惡行。於是比選天下端士。孝悌閑博有道術者。以輔翼之。使之與太子居處出入。故太子乃目見正事。聞正行正道，左視右視，前後皆正人。夫習與正人居，不能不正也，猶生長於楚，不能不楚言也。比，校也。選，擇也。荀子脩身云：「多見曰閑，多聞曰博。」道術，謂道藝也。孟子曰：「輔之翼之，使自得之。」故擇其所嗜，必先受業，乃得嘗之；擇其所樂，必先有習，乃得為之。嗜，好也。學記曰：「時教必有正業。」嘗，試也。樂，懽也。習，重習也。論語曰：「學而時習之，不亦說乎？」為，行也。言於正業之中取其性之所近者而試之，學試其樂學而教之習，乃可見諸行。盧注云：恐其懈墮，故以所味好而誘之。孔子曰：「少成若天性，習貫之為常。」此殷周之所以長有道也。盧注云：言人性本或有所不能，少教成之，若天性自然也。周書曰：「習之為常，自氣血始。」其太子幼擇師友亦然。及太子少長，知妃色，則入於小學。小者所學之宮也。顏云：妃色，妃匹之色。盧注云：古者太子八歲入小學，十五入大學也。學禮曰：帝入東學上親而貴仁則親疏有序如恩相及矣帝入南學上齒而貴信則長幼有差如民不誣矣帝入西學上賢而貴德則聖智在位而功不匱矣帝入北學上貴而尊爵則貴賤有等而下不踰矣帝入太學承師問道退習而端於太傅太傅罰其不則而達其不及則德智長而理道得矣盧注云成王年十五亦入諸學觀禮布政故引天子之禮以言之四學者東序瞽宗虞庠及四郊之學也春氣温養故上親夏物盛小大殊故上齒秋物成實故貴德冬時物藏於地唯象於天半見也故上爵也成王學並於正三公也獨云太傅舉中言也聘珍謂學禮者禮古經五十六篇中之篇名也太學謂成周當代之學曰辟雍亦曰成均者也承師問道謂食老更於太學而乞言也廣雅云端正也罰折也爾雅曰則法也理道謂治道此五義者既成於

上則百姓黎民化輯於下矣學成治就此殷周之所以長有道也百姓謂百官族姓也化變也輯和也書曰百姓昭明協和萬邦黎民於變時雍及太子既冠成人免於保傅之嚴則有司過之史有虧膳之宰太子有過史必書之史之義不得不書過不書過則死過書而宰徹去膳夫膳宰之義不得不徹膳不徹膳則死冠義曰成人之者將責成人禮焉也司主也玉藻曰動則左史書之言則右史書之虧去也膳謂膳羞鄭注燕禮云膳宰天子曰膳夫掌君飲食膳羞者也聘珍謂周禮膳夫職曰掌王之食飲膳羞以養王及后世子左氏昭二十九年傳曰官修其方朝夕思之一日失職則死及之於是有進善之旍玉篇云旍同旌說文云旌析羽注旄首所以精進士卒盧注云堯置之令進善者立於旍下也有誹謗之木盧注云堯置之使書政之儻失也聘珍謂廣韻

云崔豹古今注堯設誹謗木今之華表也有敢諫之鼓盧注云舜置之使諫者擊之以自聞
也鼓夜誦詩鼓讀曰瞽毛詩有瞽序釋文云瞽本作鼓鄭注大行人云瞽樂師也夜誦詩者
漢書禮樂志云采詩夜誦顏注云夜誦者其言辭或祕不可宣露故於夜中歌誦也鄭注大司樂云以聲
節之曰誦工誦正諫盧注云工樂人也聘珍謂正直也正諫謂直陳其事而諫者如虞箴之類
是也詩則主文而譎諫故瞽工各異職士傳民語左氏襄十四年傳曰士傳言庶人謗習
與智長故切而不攘習謂所習之業長益也習與智長謂能知其所習之意而有以
長其智也切謂切近攘卻也盧注云量知授業故雖勞能受也化與心成故中道若
性是殷周所以長有道也化猶教也成就也與心成者謂知其心能救其失也
中適也盧注云觀心施化故變善如性也三代之禮天子春朝朝日秋莫
夕月所以明有別也祭法曰王宮祭日也夜明祭月也周語曰朝日夕月以教民事

韋注云禮天子以春分朝日以秋分夕月拜日於東門之外然則夕月在西門之外必矣盧注云祭日東壇祭月西壇所以別內外以端其位教天下之臣也

春秋入學坐國老執醬而親饋之所以明有孝也

盧注云中春釋菜合舞中秋班學合聲天子視學而遂養老教天下之孝也蔡氏月令章句云三老國老也

行中鸞和步中采茨趨中肆夏所以明有度也

爾雅曰堂上謂之行堂下謂之步門外謂之趨鄭注周禮大馭云鸞在衡和在軾皆以金為鈴注樂師云鄭司農云肆夏采薺皆樂名或曰皆逸詩王如有車出之事登車於大寢西階之前反降於阼階之前據此則車不上於堂此經於堂上之行而云中鸞和者謂舉趾合其節也周禮樂師大馭職及小戴記玉藻並云行以肆夏趨以采薺此經云步中采茨趨中肆夏者聘珍謂堂下謂之步者自大寢階前至於路門也門外謂之趨者自路門之外至於大門也郊特牲曰賓入大門而奏肆夏則肆夏實路門以外所奏故得云趨中肆夏也鄭注樂師云尚書傳曰天子將出撞黃

鍾之鐘右五鐘皆應入則撞蕤賓之鐘左五鐘皆應大師於是奏樂據此則王將出既服至堂路門內作采茨路門外至於大門作肆夏而馭路者於禽獸見中其節也盧注云明有度教天下儀也

其生不食其死聞其聲不嘗其肉故遠庖廚所以長恩且明有仁也孟子曰君子之於禽獸也見其生不忍見其死聞其聲不忍食其肉是以君子遠庖廚也長大也長恩者恩足以及禽獸也仁謂仁術孟子曰是乃仁術也食以禮徹以樂盧注云禮俎豆傳列及食之等於飲食之閒又不忘禮樂聘珍謂膳夫職曰卒食以樂徹於造

失度則史書之工誦之三公進而讀之宰夫減其膳是天子不得為非也盧注云失孝敬禮樂之度也聘珍謂左氏昭十二年傳曰思我王度式如玉式如金形民之力而無醉飽之心史謂左右史也廣雅云讀說也明堂之位曰

篤仁而好學多聞而道慎天子疑則問應而不窮者

謂之道道者導天子以道者也常立於前是周公也誠立而敢斷輔善而相義者謂之充充者充天子之志也常立於左是太公也絜廉而切直匡過而諫邪者謂之弼弼者拂天子之過者也常立於右是召公也博聞強記接給而善對者謂之承承者承天子之遺忘者也常立於後是史佚也禮古經有王居明堂禮見月令及禮器鄭注古大明堂禮見蔡邕論明堂記見白虎通漢書藝文志云明堂陰陽三十三篇此蓋其遺文也篤仁厚於仁也道言也論語曰多聞闕疑慎言其餘應以言對也盧注云誠立而敢斷言能忠誠有立而果於斷割接給謂應所問而給也史佚周太史尹佚也立道於前承於後置充於左列諫於右順名義也道者有疑則問故或謂之疑充者輔善故或謂之輔故成王中立而聽朝則四聖

維之是以慮無失計而舉無過事殷周之前以長久者其輔翼天子有此具也聽治也維持也慮謀思也舉猶行也此具謂前道後承左充右弼也及秦不然其俗固非貴辭讓也所尚者告得也固非貴禮義也所尚者刑罰也得謂得賊左氏襄二十八年傳曰使諸亡人得賊者以告禮察曰秦王置天下於法令刑罰故趙高傅胡亥而教之獄盧注云趙高宦者秦車府令胡亥始皇少子二世也聘珍謂秦始皇本紀云趙高故嘗教胡亥書及獄律令法事所習者非斬劓人則夷人三族也故今日即位明日射人秦本紀云文公二十年法初有三族之罪漢書刑法志云秦用商鞅造參夷之誅又云夷三族之令曰當三族者皆先鯨劓斬左右趾笞殺之梟其首菹其骨肉於市其誹謗詈詛者又先斷舌李斯傳云有行人入上林中二世自射殺之忠諫者謂之誹謗深爲計

者謂之訞誣。盧注云。昔伊尹諫夏桀。桀笑曰。子爲訞言矣。莊辛諫襄王。襄王曰。先生爲楚國訞與。是也。其視殺人。若芟草菅然。豈胡亥之性惡哉。彼其所以習導非其治故也。芟。刈也。廣雅云。菅。茅也。鄭注儀禮喪服云。治。猶理也。鄙語曰。不習爲吏。如視已事。又曰。前車覆。後車誡。盧注云。視已事。觀前成事也。古諺云。前事之不忘。後事之師也。鄙。猶今言俗語然也。夫殷周所以長久者。其已事可知也。然如不能從。是不法聖知也。如讀曰而。鄭注大司徒云。聖通而先識。知。明於事。秦世所以亟絕者。其轍迹可見也。然而不辭者。是前車覆而後車必覆也。亟。急疾也。說文云。辭。不受也。从辛从受。受辛宜辭之。夫存亡之變。治亂之機。其要在是矣。說文云。變。更也。主發謂之機。天下之命縣於天子。天子之善在於早諭教與選左右心未疑而先教諭則化易成也盧注云心未疑謂未有所知時也夫開於道術知義理之指則教之功也開啟也術藝也指意也言啟之以道藝之文而能知義理之意此由教而入者也若夫服習積貫則左右已服謂服從習謂便習言服習積貫而成自然則非教之所及在左右之人喻之而已胡越之人生而同聲嗜慾不異及其長而成俗也參數譯而不能相通行雖有死不能相為者教習然也盧注云生而同聲及其長也重譯而曉之不能使言語相通嗜慾不異至於成俗其所行雖有死之可畏猶不相放為者皆教習使之然也聘珍謂參猶纍也說文云譯傳譯四夷之言者韓詩外傳云成王之時越裳氏重九譯而獻白雉於周公晉灼注漢書云遠國使來因九譯言語乃通也故曰選左右早諭教最急夫教得而左右正左右正

則天子正矣天子正而天下定矣書曰一人有慶兆民賴之此時務也盧注云孟子曰君正莫不正也君正則國定矣時猶是也天子不論先聖王之德不知國君畜民之道不見禮義之正不察應事之理不博古之典傳不閑於威儀之數詩書禮樂無經學業不法凡是其屬太師之任也論謂討論畜養也典傳謂典籍傳記閑習也威儀曲禮也數品式也無經謂不守先王之正經也法常也任職任也天子無恩於父母不惠於庶民無禮於大臣不中於制獄無經於百官不哀於喪不敬於祭不信於諸侯不誠於戎事不誠於賞罰不厚於德不強於行賜與侈於近臣鄰愛於疏遠卑賤不能懲忿窒慾不從

太師之言。凡是之屬。太傅之任也。孔氏毛詩疏云。謂他人父。責王無父恩也。謂他人母。責王又無母恩也。惠。愛也。側。折也。經。常也。誡。警也。戒事。兵事也。近臣。謂左右便嬖側媚之人。鄰。當爲吝。愛。惜也。懲。止也。窒。塞也。天子處位不端。受業不敬。言語不序。聲音不中律。進退節度無禮。升降揖讓無容。周旋俯仰視瞻無儀。安顧咳唾。趨行不得。色不比順。隱琴瑟。凡此其屬。太保之任也。爾雅曰。業。事也。易曰。言有序。悔亡。五帝德曰。其言可信。聲爲律。容。謂容止可觀。儀。謂有儀可象。安顧。猶內顧也。不得者。不得其宜也。比。和也。隱。藏也。白虎通云。琴者。禁也。所以禁止淫邪。正人心也。瑟者。嗇也。閑也。所以懲忿窒慾。正人之德也。故君子無故不去琴瑟。盧注云。節度。或爲即席。趨。或爲走。天子宴瞻其學。左右之習反其師。答遠方諸侯。不知文雅之辭。應羣臣左右。不知已諾之正簡聞小誦不傳不習凡此其屬少師之任也宴猶褻也瞻視也褻視其學謂不知敬業也習狎也學記曰燕朋逆其師文典法也雅正也已黜止也諾相然許之辭簡聞謂所聞於簡策者小誦謂年小時所誦者內則曰請肄簡諒十有三年學樂誦詩傳述也習謂温習天子居處出入不以禮冠帶衣服不以制御器在側不以度縱上下雜采不以章忿怒說喜不以義賦與集讓不以節凡此其屬少傅之任也御器服用之器尊者謂之御爾雅曰縱亂也雜采謂服色不純左氏襄三十年傳曰都鄙有章上下有服杜注云車服尊卑各有分部公卿大夫服不相踰賦與猶賜予也集聚也讓責也集讓謂責備於一人也節猶禮也天子宴私安如易樂而湛飲酒而醉食肉而餕飽而強饑而惏暑而暍寒而嗽寢而莫宥坐而莫侍行而莫先

莫後。天子自爲開門戶。取玩好。自執器皿。亟顧環面。御器之不舉不藏。凡此其屬。少保之任也。易簡也。謂苟簡湛淫也。醉。卒其量也。玉藻曰。日中而餕。鄭彼注云。餕。食朝之餘也。食肉而餕者。於朝食時并餕餘而食之也。強。暴也。謂暴殄也。呂氏本生云。肥肉厚酒。務以自強。惏。貪也。說文云。暍。傷暑也。嗽。欬也。疾醫職曰。冬時有嗽上氣疾。宥讀曰侑。鄭注聘禮云。古文侑皆作宥。禮運曰。卜筮瞽侑。皆在左右。盧注云。環。旋也。

號呼歌謠。聲音不中律。宴樂雅誦迭樂序。不知日月之時節。不知先王之諱與大國之忌。不知風雨雷電之眚。凡此其屬。太史之任也。號。大呼也。謠。徒歌也。鄭注磬師云。燕樂。房中之樂。賈疏云。卽關雎二南也。誦讀曰頌。迭。更也。盧注云。輕用雅頌也。凡禮不同。樂各有秩。苟從所好。亂其次。聲樂之失。任在太史者。樂應天也。國語曰。吾非瞽史。焉知天道。周禮小史職曰。若有事。則詔王之忌諱也。聘珍謂周禮太史下大夫二人史官之長天子言動史必書之故三公三少之外太史之任爲要也易曰正其本萬物理失之毫釐差之千里故君子愼始也盧注云據易說言也聘珍謂賈子六術云有形之物莫細於毫十毫爲髮十髮爲氂春秋之元詩之關雎禮之冠昏易之乾巛皆愼始敬終云爾公羊隱元年傳曰元年者何君之始年也何注云元者氣也無形以起有形以分造起天地天地之始也詩序云關雎后妃之德也風之始也禮謂士禮士冠弟一士昏弟二也昏義曰夫禮始於冠本於昏易謂周易乾爲天坤爲地易曰有天地然後萬物生焉愼始敬終者謂愼終於始也素誠繁成素猶始也郊特牲曰夫昏禮萬世之始也廣雅云誠敬也昏義曰敬愼重正昏禮也繁多也謂子孫繁衍也成猶終也素誠繁成者言昏禮於始能誠敬必繁衍於其終也此目下文之事謹爲子孫娶妻嫁女必擇孝悌世世有行義者如是則其子孫慈孝不

敢淫暴，黨無不善，三族輔之。（黨，類也。盧注云：三族，父族、母族、妻族。）故曰：鳳凰生而有仁義之意，虎狼生而有貪戾之心，兩者不等，各以其母。嗚呼，戒之哉！無養乳虎，將傷天下。故曰素成。（等，齊也。素成，猶言始終，謂有始必有終也。）胎教之道，書之玉板，藏之金匱，置之宗廟，以為後世戒。（金匱，謂金縢之匱。鄭注書金縢云：凡藏祕書，藏之於匱，必以金緘其表。盧注云：斯王業隆替之所由也，當重而祕之，故置於宗廟，藏以金匱也。）青史氏之記曰：（盧注云：一曰青史子。聘珍謂漢書藝文志小說家青史子五十七篇，古史官記事也。）古者胎教，王后腹之七月而就宴室。（盧注云：宴室，夾室，次宴寢也，亦曰側室。自王后已下，有子曰震，女史皆以金環止御。王后以七月就宴室，夫人婦嬪即以三月就其側室，皆閉房而處也。王后以七月為節者，君聽天下之內政，自諸侯以下妻同之也。）太史持銅而御戶左，太宰持斗而御戶右。史當爲師。盧注云：太師，瞽者，宗伯之屬，下大夫；太宰，膳夫也，冢宰之屬上士二人。言太宰，因諸侯之稱也。樂爲陽，故在左；飲食爲陰，故在右。斗，所以斟也。聘珍謂銅者，律管也。太師職曰：掌六律六同，以合陰陽之聲。鄭注典同云：故書同作銅。六律六同皆以銅爲之。御，猶待也。比及三月者，王后所求聲音非禮樂，則太師縕瑟而稱不習。三月，謂就宴室之三月，生子月辰也。禮樂，雅樂也。縕，藏也。盧注云：謂逆序若淫聲。所求滋味者非正味，則太宰倚斗而言曰：不敢以待王太子。盧注云：非正味，謂非秩若不時。縕瑟倚斗，示不用。太子生而泣，太師吹銅曰：聲中某律。太師職曰：陽聲：黃鍾、大蔟、姑洗、蕤賓、夷則、無射；陰聲：大呂、應鍾、南呂、函鍾、小呂、夾鍾。太宰曰：滋味上某。盧注云：上某時味。聘珍謂食醫職曰：春多酸，夏多苦，秋多辛，冬多鹹。然后卜名，上無取於天，下無取於墜，

中無取於名山通谷無拂於鄉俗是故君子名難知而易諱也此所以養恩之道

內則曰世子生則君沐浴朝服夫人亦如之皆立於阼階西鄉世婦抱子升自西階君名之無取於天不以日月也無取於墜不以國也無取於名山通谷者不以山川也無拂於鄉俗者謂地俗所不可諱如隱疾畜牲器幣是也左氏桓六年傳曰周人以諱事神名終將諱之

古者年八歲而出就外舍學小藝焉履小節焉束髮而就大學學大藝焉履大節焉

盧注云小學謂虎闈師保之學也大學王宮之東者束髮謂成童白虎通云八歲入小學十五入大學是也此太子之禮尚書大傳云公卿之太子大夫元士嫡子年十三始入小學見小節而踐小義年二十入大學見大節而踐大義此世子入學之期也又曰十五年入小學十八入大學者謂諸子姓既成者至十五入小學其早成者十八入大學內則曰十年出就外傳居宿於外學書計者謂公卿已下教子於家也聘珍謂馬氏通考云

今以諸書所載及此注詳之則保傅及白虎通所言八歲入小學者乃天子世子之禮所謂小學則在師氏虎門之左大學則在王宮之東亦皆天子之學也尚書大傳所言十三入小學者公卿大夫元士嫡子之禮蓋公卿已下之子弟年方童幼未應便入天子之學所以十年出就外傅且學於家塾直至十五方令入師氏所掌虎門小學而天子則別無私學所以世子八歲便入小學與

居則習禮文，行則鳴佩玉，升車則聞和鸞之聲，是以非僻之心無自入也。禮文謂經曲之篇卷也古之君子必珮玉所以為行節也和鸞皆鈴也所以為車行節者在衡為鸞，在軾為和，馬動而鸞鳴，鸞鳴而和應，聲曰和，和則敬，此御之節也。衡車轅上橫木也軾車前橫木也廣韻引崔豹古今注云五輅衡上金雀者朱鳥也口銜鈴鈴謂之鑾也或謂朱鳥鸞也鸞口銜鈴故謂之鸞鄭注經解引韓詩內傳云鸞在衡和在軾前升車則馬動馬動則鸞鳴鸞鳴則和應白虎通云其聲鳴曰和敬舒則不鳴疾則失音明得其和也上車以和鸞爲節下車以珮玉爲度上有雙衡下有雙璜衝牙玭珠以納其閒琚瑀以雜之盧注云衡平也半璧曰璜衡在中牙在傍納其閒納於衡璜之閒總曰玭珠而赤者曰琚白者曰瑀或曰瑀美玉琚石次玉聘珍謂鄭注玉藻云衡珮玉之衡也衡牙居中央以前後觸也說文云玭珠也从玉比聲宋宏云淮水中出玭珠玭珠之有聲琚瓊琚瑀石之似玉者行以采茨趨以肆夏步環中規折還中矩進則揖之退則揚之然后玉鏘鳴也環讀曰還玉藻步環作周還鄭注云周還反行也宜圓折還曲行也宜方揖之謂小俛見於前也揚之謂小仰見於後也鏘聲貌古之爲路車也蓋圓以象天二十八橑以象列星軫方以象地三十輻以象月故仰則觀天文俯則察地理前視則睹鸞和之聲側聽則觀四

時之運此巾車教之道也鄭注覲禮云凡君所乘車曰路白虎通車旂云路大也考工記曰軫之方也以象地也蓋之圓也以象天也輪輻三十以象日月也蓋弓二十有八以象星也鄭彼注云弓蓋橑也盧注云巾車宗伯之屬下大夫二人自青史氏已下太子之事也周后妃任成王於身立而不跂坐而不差獨處而不倨雖怒而不詈胎教之謂也后妃武王邑姜也任孕也跂舉足望也差不齊一也倨慢也詈罵詈盧注云大任孕文王目不視惡色耳不聽淫聲口不起惡言故君子謂大任為能胎教也古者婦人孕子之禮寢不側坐不邊立不蹕不食邪味割不正不食席不正不坐目不視邪色耳不聽淫聲誦詩道正事如此則生子形容端心平正才過人矣任子之時必慎所感感於善則善感於惡則惡也成王生仁者養之孝者繦之四賢傍之成王有知而選太公為師周公為傅此前有與計而後有與慮是以封

泰山而禪梁甫，朝諸侯而一天下，猶此觀之，王左右不可不練也。盧注：大養之謂乳母也，縕之謂保母也。四賢，慈母及子師。白虎通云：王者易姓而起，必升封泰山，報告之義。天以高爲尊，地以厚爲德，故增泰山之高以報天，附梁甫之厚以報地，明以成功事就，有益於天地，若高者加高，而廣者增厚矣。尚書中候曰：昔者聖主功成道洽，符出乃封泰山。禮緯曰：刑法格藏，世作頌聲，封於泰山，考績柴燎，禪於梁甫，刻石紀號，英炳巍巍，功平世教。白虎通又曰：王始起，日月尚促，德化未宣，獄訟未息，近不治，遠不安，故太平巡狩也。案古受命之君，太平然後行巡狩封禪之事者，諒有義也。故管夷吾記凡封禪之君七十二家，至於三代，唯夏禹、殷湯、周成王而已。其封山之禮要於岱，禪地之義別以云繹，其故何也？以岱宗東方之岳，非所易者，其於衆山可因義取尚，故白虎通以繹繹者爲無窮之意，亭亭者爲德法審著。凡封禪之禮，周於恆霍，及繼體之君，獨言泰山，及受命者舉其始也。封謂負土石於泰山之陰，爲壇而祭天也。禪謂除地於梁甫之陰，爲墠以祭地也。變墠爲禪，神之也。聘珍謂埤蒼云：練，擇也。練與揀音義同。昔者禹以夏王，桀以夏亡；湯以殷王，紂以殷亡；闔廬以吳戰勝無敵，夫差以見禽於越。盧注云：夫差內不納子胥之忠諫，外結怨於諸侯，無德罷百姓，故終縊於勾踐也。聘珍謂：禽，古擒字。禽猶獲也。文公以晉國霸，而厲公以見殺於匠黎之宮。盧注云：厲公有隱陵之會，而驕暴無道，及游於匠黎氏之家，為欒書、中行偃刧而幽之，諸侯百姓不哀救，三月而死也。威王以齊強於天下，而簡公以弑於檀。盧注云：檀，臺名也。簡公，悼公之子，齊侯壬也。威王，陳敬仲之後、田常之六世孫、田和之孫也。田常弑簡公，至和為齊侯，其孫號稱王，大強於天下。穆公以顯名尊號，二世以刺於望夷之宮。盧注云：穆公，秦伯任好也，德公之少子，宣公之季弟。其孫孝公曰：昔我穆公自岐之閒修德行武，東平晉亂，以河為界，西霸戎翟，地廣千里，天子致伯，諸侯畢賀，顯名尊號，謂此也。望夷宮在長陵西北長平觀東臨涇水作之以望北夷二世嘗夢白虎齧其左驂殺之心不樂乃問占夢者卜言涇水爲祟二世就望夷之宮而祠焉趙高爲丞相二世以天下兵寇之事而責之趙懼誅遂使其壻閻樂將士卒殺之望夷之宮其所以君王同而功迹不等者所任異也盧注云君謂齊晉王謂夏殷故成王處繈抱之中朝諸侯周公用事也武靈王五十而弑沙邱任李兌也盧注云武靈王肅侯之子趙武王也舍其太子章而立王子何自號爲王父後有太子難李兌圍之於沙邱終餓於沙宮也沙邱在今趙郡鍾臺之薨齊桓公得管仲九合諸侯盧注云國語曰兵車一之屬六乘車之會三匡天下馬注論語云匡正也天子微弱桓公帥諸侯以尊周室一匡天下再爲義王盧注云陽穀與召陵也聘珍謂義王者以義正王室也再爲義王謂首止與洮之會也左氏僖五年傳曰會於首止會王太子鄭謀寧周也僖八年傳曰盟於洮謀王室也杜彼注云惠王以惠后故欲廢太子鄭

而立王子帶，故齊桓帥諸侯會王太子，以定其位。又云：王人會洮還，而後王位定。失管仲任豎刁狄牙，身死不葬，而爲天下笑。一人之身，榮辱具施焉者，在所任也。盧注云：葬之爲言藏也。管仲死，桓公任豎刁狄牙，使專國政。桓公卒，二子各欲立其所傳之公子，而諸子並爭，國亂無主。桓公屍在牀，積六十七日，十二月乙亥，其子無詭立，乃棺赴焉。七日辛巳夜殯，至九月而後葬焉。故魏有公子無忌，而削地復得。盧注云：公子無忌，信陵君也。時魏地多爲秦所并削。安釐王二十六年，秦昭王卒。三十年，信陵君卒，五國之兵攻秦，而敗之，復得其地。趙得藺相如，而秦不敢出。盧注云：藺相如，趙惠文王之相也。嘗以和氏之璧使於秦，完璧而歸。及澠池之會，又偪秦王爲趙王擊缶，是以秦人憚焉。故曰：趙有藺相如，秦不敢闚兵井陘。強安陵任周瞻，而國人獨立。盧注云：諸記多爲唐雎，又賈子胎教與此同。安或爲隱，或云秦破韓滅魏，而隱陵君獨以五十里國存者，周瞻唐雎之力。楚有申包胥，而昭王反復。盧注云：昭王爲闔廬敗於柏莒，而越在草莽。包胥棄糧跣走，請救秦，遂得甲車千乘，步卒十萬，敗吳師於濁上，王反而國存。齊有田單，襄王得其國。盧注云：襄王，閔王之子章也。初齊之敗，楚使淖齒將兵救齊，因相閔王，淖齒遂殺閔王。其子章變易姓名，爲莒太史家庸夫。莒中齊亡臣相聚，求閔王之子，欲立之，於是莒人共立章爲襄王也，以保莒城，而布告齊國曰：王既立在於莒也。襄王五年，而田單卒以即墨之師攻破燕，迎襄王於莒，入臨淄，齊故地盡復屬齊，封田單爲安平君。由是觀之，無賢佐俊士，而能成功立名，安危繼絕者，未之有也。是以國不務大，而務得民心；佐不務多，而務得賢臣。得民心者民從之，有賢佐者士歸之。文王請除炮烙之刑，而殷民從；盧注云：昔紂爲長夜之飲，百姓怨望，諸侯有叛之者，紂乃重刑辟，有炮烙之法。文王出牖里，求以洛西之田，請除炮烙之刑。紂乃許之。湯去張網者之三面而二垂至。盧注云。湯嘗出田。見野張網四面。祝曰。自上下四方。皆入吾網。湯曰。噫。盡之矣。乃去其三面。而祝曰。欲左左。欲右右。不用命者。乃入吾網。諸侯聞之曰。湯德至矣。乃及禽獸。於是朝商者三十國。二垂。謂天地之際。言通感遠。淮南子云。文王砥德修政。二垂至。越王不頹舊冢而吳人服。盧注云。蓋勾踐也。以其前為慎於人也。慎讀曰順。盧注云。皆得民心也。故同聲則異而相應。意合則未見而相親。賢者立於本朝。而天下之豪相率而趨之也。豪。謂豪俊。率。循也。趨。歸也。孟子曰。尊賢使能。俊傑在位。則天下之士。皆悅而願立於其朝矣。何以知其然也。管仲者。桓公之讎也。鮑叔以為賢於己。而進之桓公。七十言說乃聽。遂使桓公除仇讎之心。而委之國政焉。桓公垂拱無事。而朝諸侯。

鮑叔之力也。盧注云：乾時之役，管仲射桓公，中其鉤。垂拱，言無所指麾也。管仲之所以北走桓公而無自危之心者，同聲於鮑也。盧注云：齊在魯北。衛靈公之時，蘧伯玉賢而不用，迷子瑕不肖而任事。史鰌患之，數言蘧伯玉賢而不聽。病且死，謂其子曰：我即死，治喪於北堂。吾生不能進蘧伯玉而退迷子瑕，是不能正君者，死不當成禮，而置屍於北堂，於我足矣。盧注云：彌當聲誤爲迷也。聘珍謂喪禮，斂於牖下，小斂於戶內，大斂於阼，殯於客位，祖於庭，葬於墓。屍讀曰尸。曲禮曰：在牀曰尸。鄭注儀禮云：房中以北曰北堂。靈公往弔，問其故，其子以父言聞。靈公造然失容曰：吾失矣。立召蘧伯玉而貴之，召迷子瑕而退，徙喪於堂，成禮而後去衞國以治史鰌之力也夫生進賢而退不肖死且未止又以屍諫可謂忠不衰矣盧注云因言賢者彶猶得士也造然驚慘之貌貴之進之爲卿成禮復正室論語曰直哉史魚紂殺王子比干而箕子被髮陽狂盧注云比干諫而死箕子曰知不用而言愚也殺其身以彰君之惡名不忠也二者不可然且爲之不祥莫大焉解衣被髮爲狂而去之靈公殺泄冶而鄧元去陳以族從盧注云凡諸侯之卿大夫有功德者則命之立族使其子世之以守宗廟鄧元知陳之必亡故以族去昔宮之奇諫虞不從亦以其族行也自是之後殷幷於周陳亡於楚以其殺比干與泄冶而失箕子與鄧元也盧注云紂以文王十二年殺比干十三年爲武王滅陳靈公魯宣九年殺泄冶十一年而楚子縣焉燕昭王得郭隗而鄒衍樂毅以齊至盧注云昭王易王之子燕王平也能師事郭隗而爲

之立宮室，於是修先君之怨，爲齊以求士也。韓詩外傳云：以魏齊至之聘。珍案：史記列傳云：齊有三騶子，其次騶衍，後孟子，如燕，昭王擁彗先驅，請列弟子之座而受業，築碣石宮，身親往師之。樂毅去趙適魏，聞燕昭王以子之之亂而齊大敗燕，燕昭王怨齊，未嘗一日而忘報齊也。於是屈身下士，先禮郭隗以招賢者。樂毅於是爲魏昭王使於燕，燕王以客禮待之。樂毅辭讓，遂委質爲臣，燕昭王以爲亞卿。於是舉兵而攻齊，棲閔王於莒。盧注云：閔王，威王之孫，宣王之子。齊王地。閔王三十年，昭王與晉楚合謀而伐齊，齊師大敗，樂毅爲上將，遂入臨淄。閔王出奔於衛，衛不安，去之鄒魯，又不納焉。遂去於莒也。燕支地計衆，不與齊均也，然如所以能申意至於此者，由得士也。盧注云：支，猶計也。昭王曰：孤極知燕小力不足以報之，然得賢士與之共國，以雪先恥，孤之願也。故無常安之國，無宜治之民，得賢者安存，失賢者危亡，自古及今，未有不然者也。盧注云，詩外傳云賢者之所在其君未嘗不尊其國未嘗不安也明鏡者所以察形也往古者所以知今也盧注云詩曰殷鑒不遠在夏后之世今知惡古之危亡不務襲迹於其所以安存則未有異於郤走而求及於前人也襲因也迹行也郤退也太公知之故興微子之後而封比干之墓興謂起之在位也宋世家云武王伐紂克殷微子乃持其祭器造於軍門武王乃釋微子復其位後者謂封比干之墓卽在興微子之後也云太公者事在武王方入殷之時太公實左右之夫聖人之於當世存者乎其不失可知也言微子比干亡國之賢猶蒙其禮況當世之存者而至失其所乎孔氏武成疏引帝王世紀云殷民咸喜曰王之於仁人也死者猶封其墓況生者乎王之於賢人也亡者猶表其閭況存者乎

大戴禮記解詁卷之三終

姪嘉會校刊

大戴禮記解詁卷之四

南城王聘珍學

曾子立事弟四十九

曾子曰：君子攻其惡，求其過，彊其所不能，去私欲，從事於義，可謂學矣。攻，治也。惡，不善。求，索也。過，失也。惡匿於心，非攻則不去。過出於身，不求或不知。彊，勉也。私欲，情欲也。從事於義者，聞義則從也。君子愛日以學，及時以行，難者弗辟，易者弗從，唯義所在。日旦就業，夕而自省思，以歿其身，亦可謂守業矣。愛，惜也。愛日以學，恐玩時愒日也。及時，謂隨時也。行，謂行其所學。易曰：君子進德修業，欲及時也。又曰：君子以成德爲行，日可見之行也。弗辟，不畏難。弗從，不苟安。論語曰：無適也，無莫也，義之與比。爾雅曰：就，成也。業，事也。省，察也。歿身，謂終身也。表記曰：

俛焉日有孳孳。斃而后已。君子學必由其業。問必以其序。問而不決。承閒觀色而復之。雖不說。亦不彊爭也。學記曰。時教必有正業。孔疏云。正業。謂先王正典。序。次也。必以其序。謂不躐等也。閒。隙也。觀色者。不干逆色也。復之。再問也。說。解也。爭。辨也。君子既學之。患其不博也。既博之。患其不習也。既習之。患其無知也。既知之。患其不能行也。既能行之。貴其能讓也。君子之學。致此五者而已矣。博。廣也。習。溫習也。論語曰。君子博學於文。又曰。學而時習之。知。謂心知其義也。論語曰。溫故而知新。行。謂身體其事也。推賢尚善。讓。致。猶盡也。曰。君子博學而孱守之。微言而篤行之。行必先人。言必後人。君子終身守此悒悒。盧注云。孱。小貌。不務大。悒悒。憂念也。聘珍謂。微。少。篤。厚也。必先必後者。論語曰。敏於事而慎於言也。悒悒。不舒之貌。行無求數有名，事無求數有成，身言之，後人揚之，身行之，後人秉之，君子終身守此憚憚。盧注云：數，猶促速。非法不言，言則爲人輔之；非德不行，行則爲人安之。憚憚，憂惶也。聘珍謂揚，稱也；秉，持也，謂持守之也。君子不絕小，不殄微也，行自微也，不微人，人知之則願也，人不知，苟吾自知也，君子終身守此勿勿也。不絕小，謂不以小善爲無益而弗爲也。珍，猶絕也。微，隱也。行自微，謂隱行善事也。不微人者，謂非陰密不使人知也。爾雅曰：願，思也。自思之，恐行有不及。說文云：苟，自急敕也。論語曰：不患莫己知，求爲可知也。盧注云：勿勿，猶勉勉。君子禍之爲患，辱之爲畏，見善恐不得與焉，見不善者恐其及己也，是故君子疑以終身。禍，殺害也；辱，污也；與，及也。盧注云：論語曰：見善如不及，見惡如探湯。疑者，疑善之不與，惡之及己也。君子見利思辱，見惡思詬、嗜慾思恥，忿怒思患，君子終身守此戰戰也。詬，謂詬病。鄭注儒行云：詬病，猶恥辱也。患，難也。論語曰：忿思難。戰戰，恐懼貌。君子慮勝氣，思而後動，論而後行。行必思言之，言之必思復之，思復之必思無悔言，亦可謂慎矣。慮，謀思也。勝，克也。氣，謂血氣。行必思言之者，緇衣曰：可行也，不可言，君子弗行也。復，猶覆也。無悔言者，信近於義，言可復也。此言君子之慎思也。中庸曰：慎思之。人信其言，從之以行。盧注云：以言不虛。聘珍謂荀子云：君子者，信矣，而亦欲人之信己也。人信其行，從之以復。盧注云：易曰：終日乾乾，反復其道。復宜其類，類宜其年，亦可謂外內合矣。周語曰：類也者，不忝前哲之謂也。萬年也者，令聞不忘之謂也。中庸曰：合外內之道也，故時措之宜也。君子疑則不言，未問則不言，兩問則不行其難者。疑，謂是非不決。問，論難也。未問不言者，不以身答言語也。兩問，謂兩事當問也。史記索隱云：行者先也。學記曰：善問者，如攻堅木，先其易者，後其節目。問必以其序也。君子患難除之，財色遠之，流言滅之，禍之所由生，自孅孅也。是故君子夙絕之。虞注易象傳云：除，修也。易曰：君子以恐懼修省。流言者，如水之流。滅，絕也。說文云：孅，銳細也。夙，早敬也。君子己善，亦樂人之善也。己能，亦樂人之能也。己雖不能，亦不以援人。援，猶引也。取，取也。謂引取人之能以爲能也。君子好人之爲善而弗趣也，惡人之爲不善而弗疾也。盧注云：弗趣者，不促速之，恐其倦也。聘珍謂疾，急也。不急持之，恐其生亂也。疾其過而不補也，飾其美而不伐也。伐則不益，補則不改矣。疾，惡也。補，謂彌縫其闕。飾，好也。伐，矜也。言惡人之過，而不爲之彌縫，俟其自改也。好人之美，而不與之矜夸，恐其自足也。君子不先人以惡，不疑人以不信盧注云謂不億不信不逆詐不說人之過成人之美存往者在來者朝有過夕改則與之夕有過朝改則與之說言也論語曰成事不說存恤也在察也與許也往者之過則恤之來者之善則許之論語曰與其進也不與其退也唯何甚人潔己以進與其潔也不保其往也君子義則有常善則有鄰見其一冀冀其二見其小冀其大苟有德焉亦不求盈於人也說文云義己之威儀也緇衣曰衣服不貳從容有常孟子曰可欲之謂善鄰親也論語曰德不孤必有鄰冀望也一二小大並以人之善言德者得也盈滿也不求盈於人者論語曰無求備於一人表記曰君子以人望人則賢者可知已矣君子不絕人之歡不盡人之禮盧注云通飲食之饋序其歡也簡服物之禮令其忠也來者不豫往者不愼也去之不謗就之不賂亦可謂忠矣爾雅曰豫樂也方言[illegible]

並云慎憂也謭毀也賂貨也孟子曰無處而餽之是貨之也來往謂人之來往於君子去就謂君子之去就豫慎謭賂皆以君子言忠盡中心也此言君子之全交也君子恭而不難安而不舒遜而不諂寬而不縱惠而不儉直而不徑亦可謂知矣難勞苦也舒猶慢也遜遜謂謙遜諂者傾身自下也易曰用過乎儉儉爲吝嗇論語曰猶之與人也出納之吝檀弓曰有直情而徑行者戎狄之道也易曰君子知柔知剛君子入人之國不稱其諱不犯其禁不服華色之服不稱懼惕之言故曰與其奢也寧儉與其倨也寧句盧注云諱國諱禁國禁聘珍謂曲禮曰入竟而問禁入門而問諱華者猶榮華容色之異也稱揚也恐懼怵惕之言悚人聽聞者倨傲也句曲之也左氏襄二十九年傳曰直而不倨曲而不屈可言而不信寧無言也君子終日言不在尤之中小人一言終身爲罪不信

謂無徵不信也。尤，過也。左氏昭八年傳曰：君子之言信而有徵，故怨遠於其身；小人之言僭而無徵，故怨咎及之。

君子亂言而弗殖，神言弗致也，道遠日益云。殖，長也。致，至也。盧注云：怪力亂神，子所不語。聘珍謂：云，言也。道之旨遠，非一言可盡，君子日益其言，言以明道也。

眾信弗主，靈言弗與，人言不信不和。盧注云：不主，謂僉議所同，不為主。聘珍謂：廣雅云：靈，空也。空言，謂口惠而實不至者。弗與，不許人也。和，聲相應也。

君子不唱流言，不折辭，不陳人以其所能。唱，導也。流言滅之，不導之使行。折，挫也。盧注云：言不苟折窮人辭也。聘珍謂：陳人，陳說於人也。能，謂己之功能。

言必有主，行必有法，親人必有方。主，本也。法，常也。易曰：君子以言有物，而行有恆。親，近也。方，道也。易曰：方以類聚。

多知而無親，博學而無方，好多而無定者，君子弗與也。知，謂通問相知之人。論語曰：汎愛眾而親仁。無方，謂無常也。定，猶成也。

君子多

知而擇焉，博學而算焉，多言而慎焉。知，謂知人。擇，謂擇善。論語曰：「擇其善者而從之。」爾雅曰：「算，數也。」鄭氏易曰：「若夫雜物算德，辨是與非。」多言，謀議也。論語曰：「便便言，唯謹爾。」

博學而無行，進給而不讓，好直而徑，儉而好僿者，君子不與也。進，謂進取。給，捷也。讓，謂禮讓。玉篇、廣韻並云：「徑，急也。」論語曰：「直而無禮則絞。」鄭彼注云：「絞，急也。」盧注云：「僿，塞也。言好直則太徑，爲儉又太逼塞於下也。」聘珍謂：禮器曰：「晏平仲祀其先人，豚肩不揜豆，澣衣濯冠以朝，而難爲下矣。」

夸而無恥，彊而無憚，好勇而忍人者，君子不與也。夸，謂夸毗。爾雅曰：「夸毗，體柔也。」郭彼注云：「屈己卑身，以柔順人也。」彊，暴也。憚，懼也。忍，謂殘忍。

亟達而無守，好名而無體，忿怒而爲惡，足恭而口聖，而無常位者，君子弗與也。盧注云：「亟，數也。數自達而無所守。」聘珍謂：體，行也。爲，作也。因忿怒而作惡也。足恭，謂便辟其足，前卻爲恭，以形體順從於人。聖，通也。口聖，謂柔順其口，捷給爲通，以言語餂取人意。位者立也。凡若此者，皆不知禮，無以立也。巧言令色，能小行而篤，難於仁矣。嗜酤酒，好謳歌，巷遊而鄉居者乎，吾無望焉耳。篤，固也。論語曰：巧言令色，鮮矣仁。又曰：好行小慧，難矣哉。說文云：酤，一宿酒也。一曰買酒也。謳，齊歌也。巷，里中道。鄉，國離邑，民所封鄉也。嗇夫別治。望，責也。無望，言其無足責也。出入不時，言語不序，安易而樂暴，懼之而不恐，說之而不聽，雖有聖人，亦無若何矣。安易，謂以簡易爲安；樂暴，謂以殘暴爲樂。恐，畏也。聽，從也。臨事而不敬，居喪而不哀，祭祀而不畏，朝廷而不恭，則吾無由知之矣。畏，敬也。恭，肅也。論語曰：居上不寬，爲禮不敬，臨喪不哀，吾何以觀之哉。三十四十之間而無藝，卽無藝矣。五十而不以善聞矣。藝，謂道藝也。內則曰：三十博學無方，遜友視志。四十方物出謀發慮。

不能於道藝則時過難成可以決其無藝矣無藝之人亦安有善可聞乎論語曰四十五十而無聞焉斯亦不足畏也已七十而無德雖有微過亦可以勉矣勉讀曰免官之免謂退止之也言人老而無德雖小過當赦亦宜免退不與之執事也其少不諷誦其壯不論議其老不教誨亦可謂無業之人矣諷誦謂習詩書六藝之文鄭注大司樂云倍文曰諷以聲節之曰誦論議謂講學若出謀發慮也業事也無業者惰遊之士也少稱不弟焉恥也壯稱無德焉辱也老稱無禮焉罪也不弟謂不遜弟也德者內得於己外得於人也辱污也無德則流於污下也射義曰耆耋好禮不從流俗無禮則敗常亂俗罪古作辠廣韻云辠自辛也言蹙鼻辛苦之憂過而不能改倦也行而不能遂恥也慕善人而不與焉辱也弗知而不問焉固也說而不能窮也喜怒異慮惑也不

能行而言之誣也非其事而居之矯也道言而飾其辭虛也無益而食厚祿竊也好道煩言亂也殺人而不戚焉賊也盧注云倦傾病人固專固也聘珍謂遂成也與及也說謂分別解說事理也窮困也慮思也異慮者逐物而遷不與心謀也誣欺也矯詐也道言謂道聽塗說加以文飾虛空也好道好言也煩繁也戚憂也孟子曰賊仁者謂之賊人言不善而不違近於說其言說其言殆於以身近之也殆於以身近之殆於身之矣違遠也說讀曰悅殆幾也身近謂身附之也身之謂身親為不善矣人言善而色葸焉近於不說其言不說其言殆於以身近之也殆於以身近之殆於身之矣葸畏懼貌不悅其言是不悅其善也不悅善則必近於不善而身為之矣故目者心之浮也言者行之指也作於中

則播於外也故曰以其見者占其隱者故曰聽其言也可以知其所好矣浮孚也指示也論語曰聽其言而信其行作動也播揚也占覘也盧注云見隱謂心目也觀說之流可以知其術也久而復之可以知其信矣觀其所愛親可以知其人矣盧注云流謂部分術心術也聘珍謂復者復其言也信誠也論語曰久要不忘平生之言亦可以為成人矣愛親謂所親愛之人語云不知其人視其友也臨懼之而觀其不恐也怒之而觀其不惛也喜之而觀其不誣也近諸色而觀其不踰也飲食之而觀其有常也利之而觀其能讓也居哀而觀其貞也居約而觀其不營也勤勞之而觀其不擾人也自上涖下曰臨盧注云惛亂也誣妄也文王曰省其喪觀其貞良也聘珍謂約貧困也營惑也

擾撓也不擾人言不爲人所擾也

君子之於不善也身勿爲能也色勿爲不可能也色也勿爲可能也心思勿爲不可能也

勿者禁止之辭爲作也能之爲言耐也言人於不善雖强制於外而不可强制於中也故爲學必克己復禮而觀人必察其所安

太上樂善其次安之其下亦能自彊

盧注云太上德之最上者謂其心不爲也其次德之次者謂其色不爲也自彊謂其身不爲太上謂五帝其次謂三王其下謂五霸孟子曰堯舜性之湯武身之五霸假之

仁者樂道智者利道愚者從弱者畏不愚不弱執誣以彊亦可謂棄民矣

盧注云上者率其性也次者利而爲之聘珍謂利貪也愚者不明弱者不强從聽也謂可羈而從也畏者畏威也表記曰仁者安仁知者利仁畏罪者强仁執攝也誣罔也以惡取善曰誣彊暴也古者棄民屛之遠方終身不齒

太上不生惡其次而能夙絕之也其下復

而能改也，復而不改，殞身覆家，大者傾覆社稷。是故君子出言以鄂鄂，行身以戰戰，亦殆勉於罪矣。自無而有曰生。夙，早也。絕，滅也。復而不改，是謂迷復。殞，歿也。覆，敗也。孟子曰：諸侯不仁，不保社稷；卿大夫不仁，不保宗廟；士庶人不仁，不保四體。勉讀曰免。盧注云：鄂鄂，辯厲也。

是故君子爲小由爲大也，居由仕也，備則未爲備也，而勿慮存焉。由讀曰猶。居謂居家也。祭統曰：上則順於鬼神，外則順於君長，內則以孝於親，如此之謂備。而讀曰能。慮，思也。存，省也。言備既未備，能不自省乎。

事父可以事君，事兄可以事師長，使子猶使臣也，使弟猶使承嗣也，能取朋友者，亦能取所予從政者矣，賜與其宮室，亦猶慶賞於國也，忿怒其臣妾，亦猶用刑罰於萬民也。大學曰：君子不出家而成教於國。孝者，所以事君也。弟者，所以事長也。慈者，所以使衆也。孝經曰：事兄弟，故順可移於長。師氏職曰：順行以事師長。盧注云：承嗣，謂冢子也。聘珍謂予，猶與也。政，謂國政。予是從政，言同升諸公，與之事君也。臣妾，謂廝役之屬。

故爲善必自內始也。內人怨之，雖外人亦不能立也。

內，謂之家。怨，恨也。論語曰：在邦無怨，在家無怨。外人，邦人也。立，涖也。

居上位而不淫，臨事而栗者，鮮不濟矣。先憂事者後樂事，先樂事者後憂事。昔者天子日旦思其四海之內，戰戰惟恐不能乂。諸侯日旦思其四封之內，戰戰惟恐失損之。大夫士日旦思其官，戰戰惟恐不能勝。庶人日旦思其事，戰戰惟恐刑罰之至也。是故臨事而栗者，鮮不濟矣。

盧注云：淫，大也。乂，治也。聘珍謂栗，讀曰慄。慄，懼也。論語曰：臨事而懼。濟，成也。四封，謂四境。起土爲界也。失，謂失守社稷。損，滅也。大司馬職曰：野荒民散則削。君子之是也。官，職也。事，業也。工匠農賈各事其事。

之於子也，愛而勿面也，使而勿貌也，導之以道而勿强也。盧注云：勿面，不形於面。勿貌，不以貌勞徠之。聘珍謂導，引也。强，謂强其所不能也。宮中雍雍，外焉肅肅，兄弟憘憘，朋友切切，遠者以貌，近者以情。爾雅曰：室謂之宮。雍雍，和也。肅肅，敬也。外，謂宮之外也。憘憘，猶怡怡也。論語曰：朋友切切偲偲，兄弟怡怡。遠者，疏遠之人。荀子禮論云：情貌之盡也。楊倞注云：貌，恭敬也。情，忠誠也。友以立其所能，而遠其所不能，苟無失其所守，亦可與終身矣。立，成也。能，道藝也。立其所能，謂成己之道藝也。遠，疏也。不能者疏之，無友不如己也。苟，誠也。廣雅云：守，久也。所守，謂可久之道。

曾子本孝第五十

曾子曰忠者其孝之本與說文云忠敬也此與下文爲目也孝子不登高不履危痺亦弗憑不苟笑不苟訾隱不命臨不指故不在尤之中也高近危痺讀曰庳下也憑乘也弗憑者不臨深也訾毀也隱闇也命謂相命以事不命者孝子不服闇也臨以高視下也指謂指畫曲禮曰登城不指尤過也盧注云敬父母之遺體故跬步未敢忘其親孝子惡言死焉流言止焉美言興焉故惡言不出於口煩言不及於己說文云死澌也人所離也惡言死焉者離而去之也流言者如水之流止之使不行興舉也煩辱也不及於己者謂人不以辱言加之也故孝子之事親也居易以俟命不興險行以徼幸盧注云處安易之道以聽命也聘珍謂興猶行也險行謂傾危之行徼求也幸非望之福也孝子游之暴人違之孝子謂有孝德之人也游之謂與之游也下陵其上曰暴謂不孝弟人也違去

也。曾子疾病曰。君子慎其所去就。出門而使不以或爲父母憂也。險塗隘巷。不求先焉。以愛其身。以不敢忘其親也。使謂奉命而出也。盧注云。不爲事或貽憂於父母也。聘珍謂不求先者。不以身嘗殆也。哀公問於孔子篇曰。身也者親之枝也。敢不敬與。孝子之使人也。不敢肆行。不敢自專也。父死三年。不敢改父之道。郭注爾雅云。肆。極力也。行不敢自專者。論語曰。有父兄在。如之何其聞斯行之。又曰。父在觀其志。父歿觀其行。三年無改於父之道。可謂孝矣。又能事父之朋友。又能率朋友以助敬也。曲禮曰。見父之執。不謂之進不敢進。不謂之退。不敢退。不問不敢對。此孝子之行也。鄭彼注云。敬父同志如事父。率。循也。助。益也。言率循朋友之有孝德孝行者。以益己之敬也。君子之孝也。以正致諫。士之孝也。以德從命。庶人之孝也。以力惡食。任善不敢臣三德。盧注云君子謂卿大夫以力惡食者分地任力致甘美任善謂王者之孝三德三老也白虎通云不臣三老崇孝聘珍謂正善也白虎通云諫者閒也更也是非相閒革更其行也以正致諫者善則歸親也德謂孝德以德從命者言先意承志諭父母於無過其命皆可從也故孝之於親也生則有義以輔之死則哀以莅焉祭祀則莅之以敬如此而成於孝子也盧注云義以輔之諭於道莅臨也聘珍謂成猶終也

曾子立孝弟五十一

曾子曰君子立孝其忠之用禮之貴賈子道術云子愛利親謂之孝愛利出中謂之忠論語曰生事之以禮死葬之以禮祭之以禮盧注云有忠與禮孝道立故爲人子而不能孝其父者不敢言人父不能畜其子者爲人弟而不能承其兄者不敢言人兄不能順其弟者

爲人臣而不能事其君者，不敢言人君不能使其臣者也。畜，養也。承，奉也。順，愛也。盧注云：不可以己能而責人之不能，況以所不能。故與父言，言畜子；與子言，言孝父；與兄言，言順弟；與弟言，言承兄；與君言，言使臣；與臣言，言事君。盧注云：士相見禮曰：與君言，言使臣；與大夫言，言事君；與老者言，言使弟子；與幼者言，言孝父兄；與衆言，言慈祥；與涖官者言，言忠信也。君子之孝也，忠愛以敬，反是亂也。忠愛，謂中心之愛。敬，謂嚴肅。鄭注孝經云：敬者，禮之本也。盡力而有禮，莊敬而安之，盡力者，論語曰：事父母能竭其力也。釋名云：安，晏也，晏晏然和喜無動懼也。微諫不倦，聽從而不怠，懽欣忠信，咎故不生，可謂孝矣。微諫，幾諫也。內則曰：父母有過，下氣怡色，柔聲以諫也。不倦，不勞也，謂諫若不入，起敬起孝，悅則復諫，不以爲勞也。聽從，謂父母從其諫。不怠，謂子之奉行不懈也。

懽欣忠信者，樂父母之從，益盡其中心之誠也。咎，災也。故，事變也。咎故不生者，曾子事父母曰「由己爲無咎則寧」是也。盡力無禮，則小人也；致敬而不忠，則不入也。是故禮以將其力，敬以入其忠，飲食移味，居處溫愉，著心於此，濟其志也。小人，細民也。不忠，謂敬不由中心也。將，行也。盧注云：移味，隨所欲也。聘珍謂內則曰「柔色以溫之」，鄭彼注云：溫，藉也。承尊者必和顏色，愉，樂也。著，明也。濟，成也。言藉飲食居處明其孝養之心，以成其用忠用禮之志也。子曰：可人也，吾任其過；不可人也，吾辭其罪。此引孔子之言也。人當爲入，謂入諫也。任，當也。任過者，過則歸己也。說文云：辭，訟也。辭其罪，謂內自訟也。書曰：于父母負罪引慝。詩云：有子七人，莫慰母心，子之辭也。夙興夜寐，無忝爾所生，言不自舍也。不恥其親，君子之孝也。子之辭，謂子之自訟也。舍，釋也。不自釋其過。恥，辱也。過成則辱至是故未有君而忠臣可知者孝子之謂也未有長而順下可知者弟弟之謂也未有治而能仕可知者先脩之謂也盧注云孝經曰以孝事君則忠以敬事長則順聘珍謂治治職也先脩脩於家也中庸曰知所以脩身則知所以治人故曰孝子善事君弟弟善事長君子一孝一弟可謂知終矣孝經曰夫孝始於事親中於事君終於立身也

曾子大孝第五十二

曾子曰孝有三大孝尊親其次不辱其下能養中庸曰舜其大孝也與尊為天子孟子曰孝子之至莫大乎尊親司馬遷云太上不辱先其次不辱身其次不辱禮色其次不辱辭令孟子曰若曾子則可謂養志也事親若曾子者可也公明儀問於曾子曰夫子可謂孝乎曾子曰是何言與是何言與君

子之所謂孝者，先意承志，諭父母以道，參直養者也，安能爲孝乎。盧注云：公明儀，曾子弟子。凡言於事親，未意則先善舉之，親若有志，則承而奉之。聘珍謂：諭者，不言而喻也。身者，親之遺體也。行親之遺體，敢不敬乎。遺，餘也。行，奉行也。孝經曰：身體髮膚受之父母，不敢毀傷，孝之始也。故居處不莊，非孝也；事君不忠，非孝也；莅官不敬，非孝也；朋友不信，非孝也；戰陳無勇，非孝也。五者不遂，災及乎身，敢不敬乎。莊，恭也。莅，臨也。敬，謂敬其事，共用之。謂勇，無勇，謂怯敵輕生也。鄭云：遂，猶成也。災，傷害也。哀公問於孔子篇曰：不能敬其身，是傷其親也。故烹熟鮮香，嘗而進之，非孝也，養也。鳥獸新殺曰鮮。香，謂黍稷馨香也。嘗者，謂嘗其旨否也。養也者，謂養口體也。君子之所謂孝者，國人皆稱願焉，曰：幸哉有子如此，所謂孝也。稱。譽也。願。猶慕也。哀公問於孔子篇曰。君子也者。人之成名也。百姓歸之名。謂之君子之子。是使其親爲君子也。民之本教曰孝。其行之曰養。盧注云。孝經曰。夫孝德之本也。教之所由生也。養。謂致衣食。省安否。養可能也。敬爲難。敬可能也。安爲難。安可能也。久爲難。久可能也。卒爲難。論語曰。今之孝者。是謂能養。至於犬馬皆能有養。不敬。何以别乎。安。樂也。卒。終也。父母既沒。慎行其身。不遺父母惡名。可謂能終也。此言卒爲難之義。孝經曰。立身行道。揚名於後世。以顯父母。孝之終也。內則曰。終身也者。非終父母之身。終其身也。夫仁者。仁此者也。義者。宜此者也。忠者。中此者也。信者。信此者也。禮者。體此者也。行者。行此者也。彊者。彊此者也。樂自順此生。刑自反此作。此者並謂孝也。樂謂音樂。孟子曰。樂之實。樂斯二者。樂則生矣。生則

【惡可已也，惡可已，則不知足之蹈之，手之舞之。刑，謂五刑。孝經曰，五刑之屬三千，而罪莫大於不孝。】夫孝者，天下之大經也，【孝經曰，夫孝，天地之經，而民實則之。】夫孝，置之而塞於天地，衡之而衡於四海，施諸後世，而無朝夕，推而放諸東海而準，推而放諸西海而準，推而放諸南海而準，推而放諸北海而準。詩云，自西自東，自南自北，無思不服。此之謂也。【盧注云，置，猶立也。衡，猶橫也。無朝夕，言常行也。九夷，八蠻，七戎，六狄，謂之四海。放，猶至。準，猶平也。詩大雅文王有聲之六章也。】孝有三，大孝不匱，中孝用勞，小孝用力。博施備物，可謂不匱矣。尊仁安義，可謂用勞矣。慈愛忘勞，可謂用力矣。【詩曰，孝子不匱。毛傳云，匱，竭也。博施者，孝經曰，德教加於百姓，刑於四海也。備物者，中庸曰，富有四海之內，宗廟饗之。孟子曰，以天下養。養之至也。尊仁安義者。孟子曰。殺一無罪。非仁也。非其有而取之。非義也。居仁由義。大人之事備矣。周禮曰。事功曰勞。慈者。內則曰。慈以旨甘是也。愛。謂孝子之有深愛也。忘勞。謂忘己之勞苦。書曰。肇牽車牛遠服賈。用孝養厥父母。孟子曰。竭力耕田。供爲子職。父母愛之。喜而不忘。父母惡之。懼而無怨。父母有過。諫而不逆。鄭注祭義云。無怨者。無怨於父母之心。不逆。順而諫之。父母既歿。以哀祀之。加之。如此謂禮終矣。盧注云。哀。謂服之三年。祀。謂春秋享之。聘珍謂孝經曰。孝子之喪親也。哭不偯。禮無容。言不文。服美不安。聞樂不樂。食旨不甘。此哀戚之情也。祀之加之者。楚語曰。祀加於舉。天子舉以太牢。祀以會。諸侯舉以特牛。祀以太牢。卿舉以少牢。祀以特牛。大夫舉以特牲。祀以少牢。士食魚炙。祀以特牲。庶人食菜。祀以魚。祭統曰。孝子之事親也。有三道焉。養則觀其順也。喪則觀其哀也。祭則觀其敬而時也。樂正子春下堂而傷其足。傷瘳。數月不出。猶有憂色。門弟子問曰：夫子傷足瘳矣，數月不出，猶有憂色，何也？樂正子春曰：善如爾之問也！吾聞之曾子，曾子聞諸夫子曰：天之所生，地之所養，人為大矣。父母全而生之，子全而歸之，可謂孝矣；不虧其體，可謂全矣。傷瘳，疾瘉也。鄭注祭義云：樂正子春，曾子弟子。曾子聞諸夫子，述曾子所聞於孔子之言。盧注云：孝經曰：天地之性，人為貴。人之行莫大於孝也。故君子頃步之不敢忘也。今予忘夫孝之道矣，予是以有憂色。盧注云：跬當讀為頃。陸氏釋文云：一舉足為跬，再舉足為步。鄭注祭義云：予，我也。故君子一舉足不敢忘父母，一出言不敢忘父母。一舉足不敢忘父母，故道而不徑，舟而不游，不敢以先父母之遺體行殆也。一出言不敢忘父母。是故惡言不出於口，忿言不及於己，然后不辱其身，不憂其親，則可謂孝矣。爾雅曰：一達謂之道路。說文云：徑，步道也。盧注云：不徑，不由徑也。殆，危也。聘珍謂：舟，行水器。浮水曰游。忿言，怨言也。不及於己者，邦家無怨也。草木以時伐焉，禽獸以時殺焉。夫子曰：伐一木，殺一獸，不以其時，非孝也。盧注云：夫子，孔子。鄭云：曾子述其言以云。

曾子事父母第五十三

單居離問於曾子曰：事父母有道乎？盧注云：單居離，曾子弟子也。

曾子曰：有愛而敬。父母之行，若中道則從，若不中道則諫，諫而不用，行之如由己。中，當也。行之，謂父母行之。由，自也。如由己者，過則歸己也。盧注云：且俯從所行，而思諫道也。從而不諫，非孝也。盧注云：同父母之非。

不匡諫諫而不從亦非孝也盧注云徒以義諫而行不從聘珍謂曲禮曰子之事親也三諫而不聽則號泣而隨之孝子之諫達善而不敢爭辨爭辨者作亂之所由興也達致也達善謂致其善道於親對辨爲爭分別爲辨由己爲無咎則寧由己爲賢人則亂由用也由己謂父母用己之諫無咎謂咎故不生也寧安也賢猶勝也謂爭辨求勝也左氏宣十五年傳曰民反德爲亂亂則妖災生孝子無私樂父母所憂憂之父母所樂樂之孝子唯巧變故父母安之巧善也變猶化也安樂也孟子曰舜盡事親之道而瞽瞍底豫也若夫坐如尸立如齊弗訊不言言必齊色此成人之善者也未得爲人子之道也鄭注曲禮云坐如尸視貌正立如齊磬且聽也盧注云齊謂祭祀時訊問也齊色嚴敬其色也爲人父之事聘珍謂祭義曰嚴威儼恪非所以事親也成人之道也

單居離問曰：事兄有道乎？曾子曰：有。尊事之，以爲己望也；兄事之，不遺其言。盧注云：望，儀象也。不遺其言，謂奉其所令。兄之行若中道，則兄事之；兄之行若不中道，則養之。養之內，不養於外，則是越之也；養之外，不養於內，則是疏之也。是故君子內外養之也。盧注云：養，猶隱之。聘珍謂養讀若中心養養，養養，憂念也。內謂心，外謂貌。越，疾也。疏，遠也。內外養之，謂憂誠於中，形於外，冀感悟之也。

單居離問曰：使弟有道乎？曾子曰：有。嘉事不失時也。盧注云：謂弟冠娶也。弟之行若中道，則正以使之；弟之行若不中道，則兄事之。詘事兄之道，若不可，然后舍之矣。盧注云：正以使之，以弟道。兄事之者，且以兄禮敬之。聘珍謂詘，盡也。不可，謂不可化也。舍，止也。曾子曰：夫禮，大之由也。不與小之自也。禮謂成人之禮。大謂年長者。由用也。與讀若可與共學之與。小幼小也。自由也。言禮爲成人之用。不可遽與幼者由也。此目下經事也。內則曰二十而冠。始學禮。十年朝夕學幼儀。飲食以齒。力事不讓。辱事不齒。執觴觚杯豆而不醉。和歌而不哀。此與下節並言小之自者。幼儀是也。以齒。年齒也。內則曰八年飲食必後長者是也。力事者。用力之事。不讓。不責之也。幼者小力。辱事。屈褻之事。幼者所當爲。不得與成人齒也。盧注云。觚。器也。實之曰觴。杯盤盎盆盞之總名也。豆。醬器。以木曰豆。聘珍謂說文云。醉。潰也。不醉者。不至潰而失儀也。管子弟子職云。先生將食。弟子饌饋。左酒右醬。左執虛豆。右執挾匕。周旋而貳。和聲相應也。哀傷也。夫弟者不衡坐。不苟越。不干逆色。趨翔周旋。俛仰從命。不見於顏色。未成於弟也。衡。橫也。越。踰也。干。犯也。逆色。謂長者不悅之色也。趨。走也。翔。行而張拱也。俛仰猶升降也。不見於顏色者。言無倦容也。成。謂成人也。未成於弟。謂年未及成人者。其於弟道當如此。冠義曰。已冠而字之。成人之道也。成人之者。將責成人禮焉也。

大戴禮記解詁卷之四終

姪　嘉　會　校　刊

大戴禮記解詁卷之五

南城王聘珍學

曾子制言上第五十四

曾子曰，夫行也者，行禮之謂也。聘義曰，衆人之所難，而君子行之，故謂之有行。又曰，所貴於有行者，貴其行禮也。夫禮，貴者敬焉，老者孝焉，幼者慈焉，少者友焉，賤者惠焉。貴者，謂公卿大夫。祭統曰，孝者，畜也。順於道，不逆於倫，是之謂畜。慈，愛也。少，謂年少於己者。兄敬愛弟謂之友。賤，卑賤也。惠，謂恩惠。祭義曰，貴貴，爲其近於君也。貴老，爲其近於親也。慈幼，爲其近於子也。此禮也，行之則行也，立之則義也。行之，謂行於身也。則行者，謂爲德行也。立，置也。謂置之於天下。義，宜也。禮運曰，禮也者，義之實也。今之所謂行者，犯其上，危其下，衡道而彊立之，天

下無道故若天下有道則有司之所求也犯干也上謂貴者老
者危厲也下謂幼少賤者彊梟也立猶行也盧注云衡橫也故若且自如也有司所求言爲法吏所收誅
也故君子不貴興道之士而貴有恥之士也若由富
貴興道者與貧賤吾恐其或失也若由貧賤興道者
與富貴吾恐其羸驕也鄭注學記云興之言喜也歆也盧注云或猶惑也聘珍謂
釋名云羸累也羸驕者謂爲富貴所累而生驕也夫有恥之士富而不以道
則恥之貧而不以道則恥之論語曰邦有道貧且賤焉恥也邦無道富且貴
焉恥也弟子無曰不我知也鄙夫鄙婦相會於廧陰可
謂密矣明日則或揚其言矣故士執仁與義而明行
之未篤故也胡爲其莫之聞也弟子曾子呼其門人也廣韻廧同牆爾雅

曰牆謂之墉。密，隱曲處也。揚，舉也。篤，厚也。固也。中庸曰：有弗行，行之弗篤，弗措也。聞，知也。殺六畜不當，及親，吾信之矣；使民不時，失國，吾信之矣。盧注云：凡殺有時，禮也。聘珍謂：及親者，曾子大孝曰：殺一獸不以其時，非孝也。左氏昭八年傳曰：作事不時，怨讟動於民。孟子曰：桀紂之失天下也，失其民也。信，任也。言自任其咎。蓬生麻中，不扶自直；白沙在泥，與之皆黑。盧注云：古說云：言扶化之者衆。是故人之相與也，譬如舟車然，相濟達也，己先則援之，彼先則推之。相與，謂與共事也。舟以行水，車以行陸。濟，渡也。達，謂通之使不陷絕也。援，引也。是故人非人不濟，馬非馬不走，土非土不高，水非水不流。濟，成也。走，趨也。管子云：海不辭水，故能成其大；山不辭土石，故能成其高。君子之為弟也，行則為人負，無席則寢其趾，使之為夫人則否。為弟，謂盡弟道也。行，謂道路，負荷也。席藉以坐者。盧注云：分重合輕，班白不任弟達於道路也。寢，猶止也，言裁自容也。聘珍謂：爲，夫人之爲。讀曰僞。廣雅云：僞，欺也。夫人，謂長者。近市無賈，在田無野，行無據旅，苟若此，則夫杖可因篤焉。盧注云：無賈，無鄽邸也。無野，無田盧也。聘珍謂：野讀曰墅。玉篇、廣韻並云：墅，田盧也。行，道也。據，依也。旅，處也。言君子所在皆窮也。杖，持也，謂持守也。篤，固也。論語曰：君子固窮。富以苟，不如貧以譽；生以辱，不如死以榮。辱可避，避之而已矣；及其不可避也，君子視死若歸。匡謬正俗云：苟者，偷合之稱，所以行無廉隅，不存德義，謂之苟且。譽，聲美也。辱，污也。榮，光明也。父母之讎，不與同生；兄弟之讎，不與聚國；朋友之讎，不與聚鄉；族人之讎，不與聚鄰。盧注云：言辱之不可避也。曲禮曰：父之讎弗與同戴天。檀弓曰：昆弟之讎，仕不與共國。其從父兄弟，則不爲魁。聘珍謂：聚，共也。同門曰朋，同志曰友。萬二千五百家爲鄉。五家爲鄰也。良賈深藏如虛，君子有盛教如無。居賣貨曰賈。藏，匿也。盧注云：言珍寶深藏若虛，君子懷德若愚也。弟子問於曾子曰：夫士何如則可以爲達矣？曾子曰：不能則學，疑則問，欲行則比賢，雖有險道，循行達矣。達，謂行無不通。比，謂比方。險道者，傾危難測之道。循，順也。今之弟子，病下人，不知事賢，恥不知而又不問，欲作則其知不足，是以惑闇，惑闇終其世而已矣，是謂窮民也。下人，謂下於人也。論語曰：慮以下人。作，爲也。惑，迷也。闇，冥也。惑闇，謂迷於不明之處。窮，困也。論語曰：困而不學，民斯爲下矣。曾子門弟子或將之晉，曰：吾無知焉。曾子曰：何必然？往矣。有知焉謂之友，無知焉謂之主。之，往也。知，謂所知之人。盧注云：謂之主，且客之而已。且夫君子執仁立志，先行後言，千里之外，皆爲兄弟。苟是之不爲，則雖汝親，庸孰能親汝乎。不爲，不修也。汝親，謂親近之人。親汝，謂愛汝也。盧注云：庸，用也。孰，誰也。

曾子制言中第五十五

曾子曰：君子進則能達，退則能靜。豈貴其能達哉？貴其有功也。豈貴其能靜哉？貴其能守也。進，仕也。達，通也。退，避位。靜，安也。國功曰功。持不惑曰守。論語曰：守死善道。夫唯進之何功，退之何守。盧注云：問君子進退，其功守何如。是故君子進退有二觀焉。盧注云：言有二等可觀。故君子進則能益上之譽，而損下之憂。譽，樂也。損，減也。能安上而全下也。盧注云：謂其功也。不得志，不安貴位，不博厚祿，負耜而行道凍餓而守仁，不得志，言君不知己志。安，處也。博掄取也。郝，畬也。農田器。道，路也。盧注云：謂其守也。則君子之義也。左氏襄二十六年傳曰：義則進，否則奉身而退。其功守之義。有知之，則願也；莫之知，苟吾自知也。爾雅曰：願，思也。言思其終也，思其復也。說文云：苟，自急敕也。吾不仁其人，雖獨也，吾弗親也。學記曰：獨學而無友，則孤陋而寡聞。論語曰：汎愛眾而親仁。盧注云：人而不仁，不足友也。故周公曰：不如我者，吾不與處，損我者也；與吾等者，吾不與處，無益我者也；吾所與處者，必賢於我。聘珍謂：周公曰已下，並呂氏春秋先識覽觀世篇文。故君子不假貴而取寵，不比譽而取食。盧注云：不因人之貴，苟求寵愛也；不校名譽，以求祿也。直行而取禮，比說而取友。盧注云：行正則見禮也。聘珍謂：左氏昭二十八年傳曰：擇善而從之曰比。高注國策、呂覽並云：說，敬也。論語曰：善與人交，久而敬之。有說我則願也，莫我說，苟吾自說也爾雅曰說服也樂也自說者孟子曰君子有三樂而王天下不與存焉故君子無悒悒於貧無勿勿於賤無憚憚於不聞布衣不完蔬食不飽蓬戶穴牖日孜孜上仁知我吾無訢訢不知我吾無悒悒盧注云憚憚憂惶也聘珍謂不聞人不知也蔬食菜食也蓬戶以蓬爲戶也穴牖鑿土室爲窗也孜孜不怠之意上仁尊仁也訢訢喜也是以君子直言直行不宛言而取富不屈行而取位直正也說文云宛屈草自覆也巧言似之故曰宛言說文云屈無尾也苟行似之故曰屈行位爵位也畏之見逐智之見殺固不難詘身而爲不仁宛言而爲不智則君子弗爲也畏敬也爾雅曰逐病也見逐謂人疾害之也敬以安身而反見逐智以保身而反見殺皆非其罪也難患也不難者謂非其罪君子不以爲患也漢書音義云詘古屈字盧注云小人在朝多逐害於仁智者君子

之人不枉言行而懷其祿也君子雖言不受必忠曰道雖行不受必忠曰仁雖諫不受必忠曰智荀子臣道云逆命而利君謂之忠道言之理也仁親也謂仁恩相親偶也智知也獨知事理不惑利害也天下無道循道而行衡塗而僨手足不揜四支不被循從也孟子曰天下無道以身殉道盧注云衡橫也僨僵也手足卽四支說者申懇懃耳聘珍謂塗路也被覆也言其死於道路也詩云行有死人尙或墐之則此非士之罪也有士者之羞也詩小雅小弁之篇毛傳云墐路冢也鄭箋云道中有死人尙有覆掩之成其墐者羞恥也言路人尙有哀人之死者有士者不惜其士之無罪而死恥孰甚焉是故君子以仁爲尊天下之爲富何爲富則仁爲富也天下之爲貴何爲貴則仁爲貴也昔者舜匹夫也土地之厚則得而有之人

徒之眾，則得而使之；舜唯以得之也。尊，謂尊長。易曰：君子體仁足以長人。天下爲富，謂富有四海之内也。天下爲貴，謂貴爲天子也。舜，匹夫也。書曰：有鰥在下，曰虞舜。得而使之者，謂天下大悅而歸之。唯以者，以仁也。是故君子將說富貴，必勉於仁也。論語曰：富與貴，是人之所欲也，不以其道得之，不處也。君子去仁，惡乎成名。昔者伯夷、叔齊死於溝澮之間，其仁成名於天下。史記云：伯夷、叔齊，孤竹君之二子也。餓死於首陽山。孔子曰：求仁得仁，又何怨乎。夫二子者，居河濟之間，非有土地之厚、貨粟之富也。言爲文章，行爲表綴於天下。河濟之間，卽首陽之下也。酈注水經云：河水南對首陽山。夷齊之歌所以曰登彼西山矣。河南有鉤陳壘，世傳武王伐紂，八百諸侯所會處。河水又東，湨水入焉。又東，濟水注焉。史記正義云：戴延之西征記：洛陽東北首陽山有夷齊廟，今在偃師縣西北。孔氏禹貢疏云：地理志云：濟水出河東垣縣王屋山東南至河內武德縣入河聘珍案王屋山在今河南懷慶府濟源縣西北八十里武德故城在今武陟縣東文章法度也說文云表上衣也从衣从毛古者衣裘以毛爲表綴合著也表綴者謂以毛裘之物著於木上以爲望視標準者也是故君子思仁義晝則忘食夜則忘寐日旦就業夕而自省以役其身亦可謂守業矣役勞役也論語曰吾嘗終日不食終夜不寢以思無益不如學也曾子立事曰學必由其業

曾子制言下弟五十六

曾子曰天下有道則君子訢然以交同天下無道則衡言不革訢樂也交同謂上下交而其志同也盧注云衡平也聘珍謂平言言遜也革變也中庸曰國無道至死不變諸侯不聽則不干其土聽而不賢則不踐其朝是以君子不犯禁而入聽從也干冒進也土謂疆土廣雅云賢堅

也踐其朝謂履其位也禁忌也不聽不賢則必忌之從外曰入入境及郊問禁請命
境界首也邑外謂之郊禁謂國中政教所忌請猶問也命政令也不通患而出危邑
則秉德之士不諂矣通知也患難也危疑也言未仕其國知難則去無遲疑之色論
語曰亂邦不居是也諂謂橫求見容也故君子不諂富貴以為己說不
乘貧賤以居己尊說謂容悅乘陵也居處也論語曰貧而無諂富而無驕凡行
不義則吾不事不仁則吾不長事謂奉事任其役使也長謂官長不長者
不為其屬也奉相仁義則吾與之聚羣嚮爾奉承也相助也聚共也羣
謂羣居嚮謂嚮往言奉助仁義之人君子身則與之聚羣而心則嚮往之寇盜則吾與慮
慮謀也言君子所聚羣嚮爾之人若遇寇盜之事則當與其謀孟子曰子思居於衛有齊寇或曰寇至盍
去諸子思曰如伋去君誰與守國有道則突若入焉國無道則突若

出焉如此之謂義突讀曰鴆說文云鴆疾飛貌盧注云詩曰鴆彼晨風鬱彼北林也突若出者如大鳥奮翼而去也義宜也夫有世義者哉夫謂君子世義謂與世相宜也此問君子出入時宜之道下文乃爲答之之詞曰仁者殆恭者不入慎者不見使正直者則邇於刑弗違則殆於罪曰者答上文問詞也盧注云殆危也仁者危之恭者又不受也邇近也違去也聘珍謂慎謹也使用也不去則罪及於身是故君子錯在高山之上深澤之污聚橡栗藜藿而食之生耕稼以老十室之邑錯置也謂君子自置其身也污水曲也呂氏侍君云冬日則食橡栗高彼注云橡阜斗也其狀似栗太史公自序云藜藿之食張氏正義云藜似藿而表赤藿豆葉也生業也生耕稼謂以耕稼爲生也言君子去無道之國而隱居自給無求於人所謂與世相宜之道也是故昔者禹見耕者五耦而式過十室之邑則下爲秉

德之士存焉兩人共耕曰耦式車中小俛也下謂下車盧注云不侮之也

曾子疾病第五十七

曾子疾病曾元抑首曾華抱足盧注云疾困曰病元華曾子之子聘珍謂抑按也抱持也曾子曰微乎吾無夫顏氏之言吾何以語汝哉然而君子之務盡有之矣孔氏檀弓疏云微無也言無得如是與語告也務事也夫華繁而實寡者天也言多而行寡者人也華草木華也爾雅曰華荂也華荂榮也木謂之華草謂之榮不榮而實者謂之秀榮而不實者謂之英論語曰苗而不秀者有矣夫秀而不實者有矣夫孔被注云言萬物有生而不育成者喻人亦然鷹鶽以山爲卑而曾巢其上魚鼈黿鼉以淵爲淺而蹷穴其中卒其所以得之者餌也是故君子苟無以利害義

則辱何由至哉鶻鷙鳥也曾讀曰增說文云鳥在木上曰巢鼈甲蟲也黿大鼈也鼉水蟲似蜥易長大蹷讀曰掘穴窟也餌食也盧注云求生之厚動之死地也親戚不說不敢外交近者不親不敢求遠小者不審不敢言大親戚謂父母也五帝本紀云堯二女事舜親戚甚有婦道交友也親愛也審悉也故人之生也百歲之中有疾病焉有老幼焉故君子思其不復者而先施焉親戚既歿雖欲孝誰爲孝年既耆艾雖欲弟誰爲弟故孝有不及弟有不時其此之謂與疾病老幼之時不能盡孝弟之禮復返也施行也年謂己之年耆長也艾老也言孝弟之道宜及時而盡也言不遠身言之主也行不遠身行之本也言有主行有本謂之有聞矣盧注云知身是言行之基可謂聞矣君子尊其所聞則高

明矣。行其所聞，則廣大矣。高明廣大，不在於他，在加之志而已矣。尊，崇也。說文云：「聞，知聞也。」高明以德言，廣大以業言。志，意也。易曰：「聖人崇德而廣業也。崇效天，卑法地。」與君子游，苾乎如入蘭芷之室，久而不聞，則與之化矣；與小人游，貸乎如入鮑魚之次，久而不聞，則與之化矣。是故君子慎其所去就。苾，馨香也。蘭、芷皆香草。蘭亦作蕑。芷一名虈。孔氏中庸疏云：「變盡舊體而有新體，謂之為化。」釋名云：「貸騃。貸者，言以物貸予。騃者，言必棄之不復得也。不相量事者之稱。」聘珍謂：人以身入小人之類，與之俱化，是以其身貸予之也。鄭注周禮云：「鮑者，於楅室中糗乾之。」次，若今市亭然。與君子游，如長日加益，而不自知也；與小人游，如履薄冰，每履而下，幾何而不陷乎哉？盧注云：「如日之長，雖日加益，而不自知也。」聘珍謂：履，賤也。每，頻也。陷，沒也。吾不見好學盛而不衰者矣。吾不見好教如食疾子矣。盧注云：言未見好教欲人之愛如餔疾子也。吾不見日省而月考之其友者矣。省，察也。考，校也。言就其友省察考校己之德行道藝也。此言人之好學者。論語曰：日知其所亡，月無忘其所能，可謂好學也已。吾不見孜孜而與來而改者矣。孜孜，不怠之意。來，謂來學者。改，謂改其失也。此言人之好教者。學記曰：教也者，長善而救其失者也。

曾子天圓第五十八

單居離問於曾子曰：天圓而地方者，誠有之乎？曾子曰：離，而聞之云乎。中規者謂之圓，中矩者謂之方。盧注云：而猶汝也。汝聞則言之也。單居離曰：弟子不察此，以敢問也。曾子曰：天之所生上首，地之所生下首。爾雅曰：首，始也。天地交而萬物生。天氣下降，生自上始；地氣上騰生自下始上首之謂圓萬物資始爲天爲圓下首之謂方萬物資生爲地爲方如誠天圓而地方則是四角之不揜也且來吾語汝參嘗聞之夫子曰天道曰圓地道曰方盧注云道曰方圓耳非形也方曰幽而圓曰明盧注云方者陰義而圓者陽理故以明天地也明者吐氣者也是故外景幽者含氣者也是故內景吐猶出也故火日外景而金水內景說文云景光也外景者光在外內景者光在內離爲火爲日以二陽而周乎一陰之外故光在外兌爲金以二陽而說於一陰之內坎爲水以一陽而陷於二陰之中故光在內吐氣者施而含氣者化是以陽施而陰化也施予也化生也謂化其所施也易曰天施地生也陽之精氣曰神陰之精氣曰靈神靈者品物之本也而禮樂仁義之祖也而

善否治亂所興作也。神謂天神，靈謂地祇。說文云：天神，引出萬物者也。地祇，提出萬物者也。品，衆庶也。爾雅曰：祖，始也。盧注云：樂由陽來，禮由陰作，仁近樂，義近禮，故陰陽爲祖也。聘珍謂：善則治，否則亂。易曰：天地交，泰，內陽而外陰也。天地不交，否，內陰而外陽也。陰陽之氣各靜其所，則靜矣。各靜其所，謂各安其處也。毛詩傳云：靜，安也。偏則風，偏，不正也。陰入於陽，旋而無形，爲風也。俱則靁，俱，皆也。陽爲陰伏，相薄而有聲爲靁。交則電，說文云：電，陰陽激耀也。亂則霧，爾雅曰：地氣發，天不應，曰霧。釋名云：霧，冒也。氣蒙亂覆冒乎物也。和則雨。陰畜陽極則和，故水從雲下也。陽氣勝則散爲雨露，陰氣勝則凝爲霜雪。勝，克也。散，布也。凝，結也。陽主散，陰主凝。說文云：雨，水從雲下也。露，潤澤也。霜，喪也，成物者。雪，凝雨，說物者。陽之專氣爲雹，陰之專氣爲霰，霰雹者，一氣之化也。說文云：雹，雨冰也。霰，稷雪也。盧注云：陽氣在雨，溫煖如湯，陰氣薄之，不相入，轉而爲雹陰氣在雨凝滯爲雪陽氣薄之不相入散而爲霰故春秋穀梁說曰雹者陰脅陽之象霰者陽脅陰之符也毛蟲毛而後生羽蟲羽而後生毛羽之蟲陽氣之所生也鄭注大司徒云毛蟲貂狐貒貉之屬縟毛者也羽蟲翟雉之屬淮南天文云毛羽者飛行之類也故屬於陽介蟲介而後生鱗蟲鱗而後生介鱗之蟲陰氣之所生也鄭注大司徒云介蟲龜鼈之屬水居陸生者鱗蟲魚龍之屬淮南天文云介鱗者蟄伏之類也故屬於陰唯人爲倮匈而後生也陰陽之精也盧注云倮匈謂無毛羽與鱗介也人受陰陽純粹之精有生之貴也毛蟲之精者曰麟羽蟲之精者曰鳳介蟲之精者曰龜鱗蟲之精者曰龍倮蟲之精者曰聖人爾雅曰麐麕身牛尾一角鶠鳳其雌皇易曰十朋之龜爾雅曰一曰神龜二曰靈龜三曰攝龜四曰寶龜五曰文龜六曰筮龜七曰山龜八曰澤龜九曰水龜十曰

火龜。說文云。龍鱗蟲之長。能幽能明。能細能巨。能短能長。春分而登天。秋分而潛淵。陸氏爾雅音義云。三虫爲蟲。直忠切。有足者也。今人以虫爲蟲。相承假借用耳。說文云。虫一名蝮。象其形。物之微細。或行或飛。或毛或倮。或介或鱗。以虫爲象。爾雅曰。有足謂之蟲。無足謂之豸。月令鱗毛羽介皆謂之蟲。白虎通以聖人爲倮蟲之長。自上聖下達蟭螟。通有蟲稱耳。龍非風不舉。龜非火不兆。此皆陰陽之際也。舉。飛動也。說文云。兆。灼龜坼也。際。會也。盧注云。龜龍爲陰。風火爲陽。陰陽之會也。茲四者。所以役於聖人也。役。謂役使。禮運曰。聖人作則。四靈爲畜。麟鳳龜龍。謂之四靈。是故聖人爲天地主。爲山川主。爲鬼神主。爲宗廟主。主。主者。主其祭祀。鬼神。謂四方百物。聖人愼守日月之數。以察星辰之行。以序四時之順逆。謂之厤。察。審也。序。次也。盧注云。審十二月分數於昏旦。定辰宿之中見與伏。以驗時節之借否。截十二管。以宗八音之上下清濁，謂之律也。漢書律厤志云：黃帝使伶倫自大夏之西，崐崘之陰，取竹之嶰厚均者，斷兩節閒而吹之，以爲黃鍾之宮，制十二筩，以聽鳳皇之鳴，以比黃鍾之宮，是爲律本，宗主也。盧注云：八音、八卦之音，以律定八風之高下清濁，而準配金石絲竹也。聘珍謂律也者，六律六呂，統謂之十二律也。書曰：律和聲。孔云：律謂六律六呂。律居陰而治陽，厤居陽而治陰，居，處也。律述地氣，故曰居陰治陽者，節氣既得，可以考日月之行道，星辰之次舍，時候之寒暑，所治者皆天事也。厤悉天象，故曰居陽治陰者，象數不忒，可因日星之出入，晝夜之永短，以知東西南朔之高下向背，以正作訛成易之時，所治者皆地事也。律厤迭相治也，其閒不容髮。迭，更迭也。盧注云：厤以治時，律以候氣，其致一也。聖人立五禮以爲民望，制五衰以別親疏，和五聲之樂以導民氣，合五味之調以察民情，正五色之位，成五穀之名。五禮，謂春官宗伯所掌吉、凶、賓、軍嘉五禮也。盧注云：五禮其別三十六，生民之紀在焉。聘珍謂五衰，五服也。鄭注《喪服》云：凡服上曰衰，下曰裳。賈疏云：兼解五服。五服謂斬衰、齊衰、大功、小功、緦麻也。親者服重，疏者服輕。五聲者，《樂記》曰：宮爲君，商爲臣，角爲民，徵爲事，羽爲物。導，宣導也。五味者，《周禮》曰：春多酸，夏多苦，秋多辛，冬多鹹，調以滑甘。調和也。察民情者，《王制》曰：中國夷蠻戎狄皆有安居、和味。又曰：五味異和。五色之位者，《攷工記》曰：東方謂之青，南方謂之赤，西方謂之白，北方謂之黑，地謂之黃。盧注云：察猶別也。五穀者，謂黍、稷、麻、麥、菽也。序五牲之先後貴賤。諸侯之祭牛，曰太牢；大夫之祭牲羊，曰少牢；士之祭牲特豕，曰饋食。盧注云：五牲，牛、羊、豕、犬、雞。先後，謂四時所尚也。聘珍謂陸氏《儀禮釋文》云：養牲所曰牢。何注《公羊》云：牛羊豕凡三牲曰太牢，羊豕凡二牲曰少牢。鄭注《儀禮》云：祭祀自熟始曰饋食。饋食者，食道也。無祿者稷饋，稷饋者無尸，無尸者厭也。盧注云：庶人無常牲，故以稷爲主。鄭注《士虞禮》云：尸，主也。孝子之祭，不見親之形象，心無所繫立尸而主意焉鄭注曾子問云厭厭飫神也厭有陰有陽迎尸之前祝酌奠奠之且饗是陰厭也尸謖之後徹薦俎敦設於西北隅是陽厭也然則陰厭在尸未至之前陽厭在尸既起之後是厭之無尸也宗廟曰芻豢山川曰犧牷割列禳瘞是有五牲盧注云牛羊曰芻犬豕曰豢色純曰犧體完曰牷宗廟言豢山川言牷互文也山川謂岳瀆以方色角尺其餘用尨索之割割牲也列疈辜禳面禳也瘞埋也聘珍謂割牲者以血祭祭社稷月令曰大割祠於公社是也列疈辜者祭四方百物面禳者先鄭注雞人職云面禳四面禳也祭山林曰埋此之謂品物之本禮樂之祖善否治亂之所由興作也

大戴禮記解詁卷之五終　　姪　嘉會校刊

大戴禮記解詁卷之六

南城王聘珍學

武王踐阼弟五十九

武王踐阼。孔氏曲禮下疏云：踐，履也。阼，主人階也。履主階行事，故云踐阼也。三日，召士大夫而問焉，曰：惡有藏之約，行之行萬世，可以爲子孫恆者乎？盧注云：惡猶於何也。言於何有約言而行之，乃行萬世而猶得其福。聘珍謂：藏，懷也。約，少也，要也。行之行，謂施則行也。易曰：恆，久也。爾雅曰：恆，常也。諸大夫對曰：未得聞也。然後召師尚父而問焉，詩曰：維師尚父。鄭箋云：師，太師也。尚父，呂望也。尊稱焉。曰：黃帝、顓頊之道存乎？意亦忽不可得見與？帝繫曰：少典產軒轅，是爲黃帝。黃帝產昌意，昌意產高陽，是爲帝顓頊。孔氏學記疏云：武王言黃帝、顓頊之道恆在與意言意恆念之但其道超忽已遠亦恍惚不可得見與與與語辭師尚父曰在丹書王欲聞之則齊矣孔疏云丹書者師說云赤雀所銜丹書也聘珍謂張氏史記周本紀正義云尚書帝命驗云季秋之月甲子赤爵銜丹書入於酆止於昌戶說文云齊戒潔也三日王端冕師尚父亦端冕奉書而入負屏而立三日者致齊三日也孔疏云端冕者謂袞冕也其衣正幅與元端同故云端冕故皇氏云武王端冕謂袞冕也樂記魏文侯端冕謂元冕也聘珍謂入者入於路門也負背也屏謂之樹天子外屏在路門之外經云負屏者謂師尚父入路門之後北面而立其屏在後入門而猶言屏者因屏以明所立之向背也王下堂南面而立師尚父曰先王之道不北面王行西折而南東面而立師尚父西面道書之言堂謂路寢之堂也先王之道不北面者學記曰大學之禮雖詔於天子無北面所以尊師也師尚父西面者孔疏云皇氏云王在賓位師尚父

主位故西面王庭之位若尋常師徒之教則師東面弟子西面與此異也曰敬勝怠者吉怠勝敬者滅義勝欲者從欲勝義者凶凡事不彊則枉弗敬則不正枉者滅廢敬者萬世勝克也欲謂私欲鄭注少牢饋食云從者求吉得吉之言彊自彊也枉橈敗也易曰敬以直內弗敬不正者謂存心不敬則身不正矣藏之約行之行可以爲子孫恆者此言之謂也盧注云問先帝之道庶聞要約之旨故對此而已且臣聞之以仁得之以仁守之其量百世以不仁得之以仁守之其量十世以不仁得之以不仁守之必及其世盧注云以仁得之以仁守之以不仁得之以仁守之皆謂創基之君十百世謂子孫無咎譽者於十百之外天命則有興改其廢立大節依於此及其世謂止於其身也王聞書之言惕若恐懼退而爲戒書易曰君子終日

乾乾夕惕若又曰君子以恐懼修省盧注云戒書者託於物以自警戒也於席之四端爲銘焉於机爲銘焉於鑑爲銘焉於盥盤爲銘焉於楹爲銘焉於杖爲銘焉於帶爲銘焉於履屨爲銘焉於觴豆爲銘焉於戶爲銘焉於牖爲銘焉於劍爲銘焉於弓爲銘焉於矛爲銘焉說文云席籍也孔氏祭統疏云坐之曰席席端首也銘題勒也机案屬所以坐安體者鑑鏡也盥盤承盥水者楹屋柱也帶申束衣者觴酒器豆古食肉器也戶房室戶也牖室之南窗也說文云酋矛也建於兵車長二丈

席前左端之銘曰安樂必敬盧注云安不忘危前右端之銘曰無行可悔盧注云當恭敬朝夕故以懷安爲悔也後左端之銘曰一反一側亦不可以忘盧注云言雖反側之閒不可以忘道也後右端之銘曰所監不遠視邇

所代。盧注云。周監不遠。近在有殷之世。机之銘曰。皇皇惟敬。口生𠯑。口戕口。少儀曰。言語之美。穆穆皇皇。𠯑。謂詬病羞辱也。書曰。惟口起羞。戕。害也。大學曰。言悖而出者。亦悖而入。盧注云。机者人君出令所依。故以言語爲戒也。鑑之銘曰。見爾前。慮爾後。鑑。見面之容。慮。思也。後。謂所不見者。盥盤之銘曰。與其溺於人也。寧溺於淵。溺於淵。猶可游也。溺於人。不可救也。溺。覆沒也。人。謂庶民。緇衣曰。夫民閉於人。而有鄙心。易以溺人。淵。深水也。浮水曰游。盧注云。日知所亡。學者之功。溺於民庶。大人之禍。故或以自新。取戒或以游溺爲鑑也。楹之銘曰。毋曰胡殘。其禍將然。毋曰胡害。其禍將大。毋曰胡傷。其禍將長。胡。何也。殘。壞也。禍。謂禍裁。然。燒也。孟子曰。若火之始然。杖之銘曰。惡乎危。於忿疐。惡乎失道。於嗜慾。惡乎相忘。於富貴。盧注云。惡。於何也。忿者。危之道。

怒甲及乙，又危之甚。杖危，故以危戒也。杖依道而行之，言身杖相資也。因失道相忘，乃嗜慾安樂之戒也。聘珍謂：說文云：嗜，慾，喜之也。溺於富貴而忘其道。

帶之銘曰：火滅脩容，慎戒必恭，恭則壽。脩，飾也。容謂容貌。貌正曰恭。盧注云：雖夜解息，其容不可以苟。帶於寢先釋，故因言之也。

屨屨之銘曰：慎之勞，勞則富。盧注云：行慎躬勞，躬勞終福。論慎屨亦財不費也。屨在下，尤勞辱，因爲此戒。福與富音義兩施，互取焉。

觴豆之銘曰：食自杖，食自杖，戒之憍，憍則逃。說文云：杖，持也。食自杖，言食以禮自持也。憍，恣也。逃，亡也。

戶之銘曰：夫名難得而易失。無懃弗志，而曰我知之乎？無懃弗及，而曰我杖之乎？擾阻以泥之，若風將至，必先搖搖，雖有聖人，不能爲謀也。廣雅云：懃，賴也。志，念也。及，猶汲汲也。杖，持也。言無所倚賴而不志念，反曰知之；無所倚賴而不汲汲，反曰持之；言其不相量事也。擾讀曰獲。顏注漢書云，獲，拔拭也。阻，讀曰予所畜租之租。泥塗也。詩曰，迨天之未陰雨，徹彼桑土，綢繆牖戶。又曰，予室翹翹，風雨所漂搖。左氏襄四年傳曰，咨難爲謀。淮南人閒訓云，患生而救之，雖有聖知，弗能爲謀耳。

牖之銘曰，隨天之時，以地之財，敬祀皇天，敬以先時。隨天時者，牖所以見日也。以地財者，以木爲交窗也。盧注云，先祭時而敬齊。

劍之銘曰，帶之以爲服，動必行德，行德則興，倍德則崩。服，佩也。倍，反也。崩，山壞也。盧注云，以順誅也。

弓之銘曰，屈伸之義，廢興之行，無忘自過。屈伸者，弓之往來體也。易曰，弓矢者，器也。射之者，人也。君子藏器於身，待時而動。

矛之銘曰，造矛造矛，少閒弗忍，終身之羞。造，作也。少閒，須臾也。忍，耐也。羞，恥也。盧注云，重言造矛，見造矛之不易也。言少閒之不忍，則爲終身羞，以君子於殺之中，禮恕存焉。

予一人所聞，以戒後世子孫。盧注云，貽厥孫謀，以燕翼子，武王之詩也。

衞將軍文子弟六十

衞將軍文子問於子贛盧注云文子衞卿也名彌牟子贛端木賜也衞人衞之相也聘珍謂孔氏檀弓疏云案世本靈公生昭子郢郢生文子木及惠叔蘭蘭生虎爲司寇氏文子生簡子瑕瑕生衞將軍文氏然則彌牟是木之字曰吾聞夫子之施教也先以詩世道者孝悌說之以義而觀諸體成之以文德蓋受教者七十有餘人聞之孰爲賢也施設也詩謂六詩周禮曰六詩曰風曰賦曰比曰興曰雅曰頌是也先以詩者論語曰興於詩也高注呂氏誣徒云世時也道言也孝悌德之本也故時言之說告也論語曰君子義以爲質觀示也體行也論語曰吾無行而不與二三子者文謂道藝德謂德行史記云孔子曰受業身通者七十有七人皆異能之士也孰誰也賢勝也子貢對辭以不知文子曰吾子學焉何謂不知也辭謝也學謂學於孔

子也。子貢對曰：賢人無妄，知賢則難。故君子曰：智莫難於知人，此以難也。賢人，謂以賢稱人。妄，誣也。知賢，謂知人之賢。盧注云：書曰：知人則哲，惟帝其難之。文子曰：若夫知賢人莫不難，吾子親游焉，是敢問也。子貢對曰：夫子之門人，蓋三就焉，賜有逮及焉，有未及焉，不得辯知也。游，謂與諸賢游於聖人之門。逮，與也。辯，讀曰徧。盧注云：三就，謂大成、次成、小成也。未及者，謂先就夫子而或止或退，未得及己見也。或以子貢違夫子之後，有新來者也。文子曰：吾子之所及，請問其行也。子貢對曰：夙興夜寐，諷誦崇禮，行不貳過，稱言不苟，是顔淵之行也。孔子說之以詩，詩云：媚茲一人，應侯順德，永言孝思，孝思惟則。故國一逢有德之君，世受顯命，不失厥名，以御于天子，以申之。崇禮者，非禮勿視，非禮勿聽，非禮勿言，非禮勿動也。易曰：顏氏之子，其殆庶幾乎，有不善未嘗不知，知之未嘗復行也。論語曰：不貳過。盧注云：顏回，魯人，字子淵也。詩大雅下武之四章也。媚茲一人，謂御於天子，而蒙寵愛，應侯順德，逢國君能成其德，孝思惟則，此文在前章，兼以說之，故連言也。御于天子，以申之於諸侯，受爵命，未盡其能。在貧如客，使其臣如藉，不遷怒，不探怨，不錄舊罪，是冉雍之行也。孔子曰：有土君子，有眾使也，有刑用也，然後怒；匹夫之怒，惟以亡其身。詩云：靡不有初，鮮克有終。以告之。在貧，謂處約也。如客，讀曰而客，敬也。臣，男子賤稱也。探，遠取之也。錄，記錄也。論語曰：不念舊惡。盧注云：如客，言安貧也。藉，借也，如借力然也。冉雍，魯人也，字仲弓。使，舉也。夫子因其性不好怒，故說安怒之敗也。書曰：惟辟作威也。詩大雅蕩首章也。言冉雍能終其行也。不畏強禦，不侮矜寡，其言曰恇都其富哉任其戎是仲由之行也夫子未知以文也詩云受小共大共爲下國恂蒙何天之寵傅奏其勇夫強乎武哉文不勝其質畏懼也強禦強梁禦善者侮侵也孟子曰老而無妻曰矜老而無夫曰寡都其富哉贊美之辭也楚語曰富都那豎韋注云富富於容貌都閑也說文云戎兵也論語曰可使治其賦也孔云賦兵賦也夫子謂孔子未知未許也論語曰子路問成人子曰文之以禮樂盧注云其言曰性者其言惟陳其性不苟虛妄仲由衛人字子路一字季路大夫也詩殷頌長發之五章也頌湯伐桀除災之事恂信也言下國信蒙其富詩爲駿龐或古有二文或以義賦寵傳又爲龍數聘珍謂中庸曰子路問強鄭彼注云強勇者所好也廣雅云武勇也論語曰質勝文則野又曰野哉由也

恭老恤孤不忘賓旅好學省物而不懃是冉求之行也孔子因而語之曰好學則智恤孤則惠恭老

則近禮克篤恭以天下其稱之也宜爲國老恭敬也幼而無父曰孤旅客也省減省也懃讀曰勤勞也盧注云物猶事事省則不懃也聘珍謂史記云冉求字子有爲季氏宰廣雅云惠仁也克能也篤厚也以天下言能左右天下也中庸曰君子篤恭而天下平稱舉也謂舉而用之也盧注云宜爲國之尊也言任爲卿相也志通而好禮擯相兩君之事篤雅其有禮節也是公西赤之行也孔子曰禮儀三百可勉能也威儀三千則難也公西赤問曰何謂也孔子曰貌以擯禮禮以擯辭是之謂也主人聞之以成孔子之語人也曰當賓客之事則通矣謂門人曰二三子欲學賓客之禮者於赤也志通者知類通達也鄭注周禮云出接賓曰擯入贊禮曰相雅正也禮節者禮之制度也禮器曰經禮三百曲禮三千鄭彼注云經禮謂

周禮也。周禮六篇，其官有三百六十。曲，猶事也。事禮謂今禮也。禮篇多亡，本數未聞，其中事儀三千。貌謂容貌，辭，辭令也。盧注云：公西赤，魯人也，字子華。禮經三百，可勉學而能知，能躬行三千之威儀則難，而公西赤能躬行也。禮待貌而行，辭得禮而發，言貌所以擯贊三千之儀也。主人，謂主言行，此在於人也。聞之以成者，公西赤聞之以成。滿而不滿，實如虛，通之如不及，先生難之。不學其貌，竟其德，敦其言，於人也無所不信，其橋大人也。常以皓皓，是以眉壽，是曾參之行也。孔子曰：孝，德之始也；弟，德之序也；信，德之厚也；忠，德之正也。參也中夫四德者矣哉。以此稱之也。滿，充也。道德充足，不自滿假也。論語曰：有若無，實若虛。通之，謂受業身通。論語曰：學如不及。難之，難能也。盧注云：先生者，猶難之，亦所謂先子之所畏也。聘珍謂：不學其貌者，不習文貌也。竟，盡也。樂記曰：德者，性之端也。竟其德者，盡其性也。敦厚也。信。誠也。無所不信者。謂尊卑長幼。一以至誠與之也。橋大。謂高明廣大也。皓皓。潔白也。言孝子之潔白也。是以眉壽。以介眉壽也。韓詩外傳云。曾子曰。吾嘗仕爲吏。祿不過鍾釜。尚猶欣欣而喜者。非以爲多也。樂道養親也。史記云。曾參。南武城人。字子輿。孔子以爲能通孝道。故授之業。作孝經。盧注云。天道曰至德。地道曰敏德。人道曰孝德。四代曰。有天德。有地德。夫學天地之德者。皆以無私爲能也。動而樂施者。天德也。安而待化者。地德也。故天之德德有廣狹矣。自餘禮義忠信已下。皆爲人德。因事則爲禮。厚其行則爲孝也。

業功不伐。貴位不善。不侮可侮。不佚可佚。不敖無告。是顓孫之行也。孔子言之曰。其不伐則猶可能也。其不弊百姓者。則仁也。詩云。愷悌君子。民之父母。夫子以其仁爲大也。

業。事也。自矜曰伐。善。猶喜也。不善謂無喜色也。侮。慢也。佚。佚。遙樂也。盧注云。天民之窮無所告者。不陵敖之也。顓孫。師。陳人也。子張字也。詩大雅洞酌之首章也。聘珍謂說文云弊頓仆也表記曰凱以强教之悌以悅安之學以深厲以斷送迎必敬上友下交銀手如斷是卜商之行也孔子曰詩云式夷式已無小人殆而商也其可謂不險也盧注云學深能深致隱賾也厲以斷性嚴厲而能斷決銀廉鍔也如斷言便能卜商衞人字子夏爲魏文侯師詩小雅節之四章聘珍謂毛傳云式用也夷平也用平則已無以小人之言至於危殆也不險言不危也貴之不喜賤之不怒苟於民利矣廉於其事上也以佐其下是澹臺滅明之行也孔子曰獨貴獨富君子恥之夫也中之矣苟誠也廉猶儉也佐助也以佐其下者損上益下也盧注云澹臺滅明魯之東武城人也字子羽魯大夫聘珍謂獨者不與民同也夫謂滅明中得也言得君子之道也先成其慮及事而用之是故不忘是言偃之行也孔子曰欲能則

學，欲知則問，欲善則訊，欲給則豫，當是如偃也，得之矣。慮，謀也。論語曰：好謀而成。用之，謂用其所謀也。忘，失也。史記云：言偃，吳人，字子游。訊，猶問也。給，足也。豫，備也。晉語曰：豫而後給。獨居思仁，公言言義，其聞之詩也，一日三復白圭之玷，是南宮縚之行也，夫子信其仁，以爲異姓。公，猶官也。詩曰：白圭之玷，尚可磨也；斯言之玷，不可爲也。序云：衛武公刺厲王，亦以自警也。論語曰：南容三復白圭，孔子以其兄之子妻之。盧注云：南宮縚，魯人也，字子容。異姓，謂以兄之子妻之。可儀職曰：時揖異姓。自見孔子，入戶未嘗越屨，往來過人不履影，開蟄不殺，方長不折，執親之喪，未嘗見齒，是高柴之行也。孔子曰：高柴執親之喪，則難能也；開蟄不殺，則天道也；方長不折，則恕也，恕則仁也。湯恭以恕，是以

日躋也盧注云凡在於室卑者之屨皆陳於戶外故雖後至而不越焉不越人之屨不履人之影
謙慎之至也高柴齊人也字子羔爲郈宰湯北事於
葛恭也敎綱者覘恕也詩殷頌曰聖敬日躋聘珍謂
蟄蟄蟲也開啓也長生長也折斷也檀弓曰高子皋
之執親之喪也泣血三年未嘗見齒君子以爲難說
文云恕仁也毛詩傳云躋升也此賜之所親睹也吾子有命而訊賜
則不足以知賢爾雅云訊言也有命而訊謂因問而言也文子曰吾聞之
也國有道則賢人興焉中人用焉百姓歸焉若吾子
之語審茂則一諸侯之相也亦未逢明君也興起也謂起而
在位也中正也審悉也盧注云茂盛也一皆也子貢既與衛將軍文子言適
魯見孔子曰衛將軍問二三子之行於賜也不一而
三賜也辭不獲命以所見者對矣未知中否請嘗以

告孔子曰言之子貢以其質告孔子旣聞之笑曰賜汝偉爲知人賜中當也嘗猶試也以告謂以所對告夫子也盧注云質猶實也偉爲知人言大爲知人也再言賜者善之子貢對曰賜也爲能知人此賜之所親睹也孔子曰是女所親也吾語女耳之所未聞目之所未見思之所未至智之所未及者乎子貢曰賜得則願聞之也盧注云言未至未及者爲其德廣厚也聘珍謂得猶足也謂足與語也孔子曰不克不忌不念舊惡蓋伯夷叔齊之行也盧注云克好勝人忌有惡於人也論語曰伯夷叔齊不念舊惡怨是用希也聘珍謂陸氏釋文云伯夷名允字公信孤竹君之子伯長也夷諡一本名元叔齊名智字公達伯夷之弟齊亦諡也夷齊名見春秋少陽篇

晉平公問於祁傒曰羊舌大夫晉國之良大夫也其

行如何？杜氏春秋世族譜云：平公，晉侯彪，悼公子。祁徯，晉大夫，祁午之父也。羊舌氏，晉之公族。羊舌，其所食邑。羊舌大夫，叔向祖父。祁徯對辭曰：不知也。公曰：吾聞女少長乎其所，女其闇知之。於少長乎其所，言徯自幼長於羊舌氏之家。闇讀曰弇，深也。或云：羊舌大夫爲羊舌肸，非也。据左傳成十八年，祁徯爲中軍尉，羊舌職佐之，肸之父也。襄三年，祁奚請老，於是羊舌職死矣，祁午爲中軍尉，羊舌赤佐之，肸之兄也。襄十一年，羊舌肸始見左傳，其時奚老久矣，不得反云云"少長乎其所"也。案唐書宰相世系表云：晉武公子伯僑生文，文生突，羊舌大夫也。鄭氏通志云：晉獻侯四世孫一奚食邑於祁，遂以爲氏。据世次則羊舌大夫較奚先一世，故奚少長於其所。盧氏舊注文字譌脫，俗儒不察，遂以羊舌大夫爲羊舌肸云。祁徯對曰：其幼也，恭而遜，恥而不使其過宿也。恭，敬也。遜，順也。恥，謂行己有恥。宿，畱也。言恥其過而速改也。其爲侯大夫也，悉善句而謙其端也。爾雅曰：侯，君也。侯大夫，謂君大夫也。悉善者，詳盡善道以事君也。端，本也。易曰：謙也者，致恭以存其位者也。又曰：謙，德之柄也。其爲公車尉也，信，句而好直其功也。公車尉，軍尉也。左氏閔二年傳曰：羊舌大夫爲尉。杜注云：羊舌大夫，叔向祖父也。尉，軍尉。信，誠也。直，正也。功，謂軍功。直其功，言卒乘之有功者正之，不使冒濫也。至於其爲和容也，溫良而好禮，博聞而時出其志。盧注云：和容，主賓客也。聘珍謂主賓客，謂應對諸侯，及受命而使也。博聞，謂閑習故事。志，意也。時出其志者，公羊莊十九年傳曰：大夫受命不受辭，出竟有可以安社稷、利國家者，專之可也。公曰：嚮者問女，女何曰弗知也？祁傒對曰：每位改變，未知所止，是以不知。蓋羊舌大夫之行也。位，爵次也。每位，謂爲侯大夫、公車尉，及和容也。鄭注大學云：止，猶自處也。未知所止，言未知其所自處，不可以一德名也。畏天而敬人，服義而行信，孝乎父而恭於兄，好從善而敎往，蓋趙文子之行也。畏亦敬也。服，從也。行信者，信以爲本，循而行之。數，效也。往，古昔也。世族譜云：趙文子，晉大夫，名武，趙朔之子。其事君也，不敢愛其死，然亦不忘其身，謀其身不遺其友，君陳則進，不陳則行而退。

蓋隨武子之行也。愛，惜也。盧注云：不愛其死，不苟免於難也。不忘其身，不死於不義也。陳，謂陳其德教。聘珍謂：謀，計也。遺，忘也。陳，謂陳力。君陳者，君與之陳也。論語曰：陳力就列，不能者止。世族譜云：隨武子，晉大夫范會也，士蔿孫。杜注宣十七年左傳云：初受隨，故曰隨武子；後受范，復爲范武子。其爲人之淵泉也，多聞而難誕也，不內辭足以沒世。國家有道，其言足以生；國家無道，其默足以容。蓋桐提伯華之行也。淵，深也。泉，水原也。爲人淵泉，謂思慮深清不測也。誕，欺詐也。說文云：辭，訟也。不內辭者，無行可悔，不內自訟也。沒世，謂終身。生，起也，謂興起在位也。桐提，左傳作銅鞮。孔氏左傳昭五年疏云銅鞮伯華名赤字伯華食邑於銅鞮世族譜云赤羊舌職之子外寬而內直自設於隱栝之中直己而不直於人以善存句亡汲汲蓋蘧伯玉之行也易曰君子敬以直內設置也隱讀曰櫽栝荀子性惡云枸木必將待櫽栝烝矯然後直楊注云櫽栝正曲木之木也盧注云自設於隱栝之中能以禮自聳直也聘珍謂直正也不直於人者正己而不求於人也易曰成性存存孔疏云存謂保其終也亡無也汲汲欲速也論語曰君子哉蘧伯玉邦有道則仕邦無道則可卷而懷之盧注云伯玉衛大夫蘧瑗也孝子慈幼允德稟義約貨去怨蓋柳下惠之行也允信也稟敬也約少也貨謂貨利去除也論語曰放於利而行多怨盧注云柳下惠魯士師展禽也食采於柳下惠謚也其言曰君雖不量於臣臣不可以不量於君是故君擇臣而使之臣擇君而事之有道順君無道橫命晏平仲之

行也。量，度也。少儀曰：事君者量而後入，不入而後量。橫讀曰衡。史記云：晏平仲嬰者，萊之夷維人也。國有道，卽順命；無道，卽衡命。張氏正義云：衡，秤也。謂國無道，則制秤量之，可行卽行。德恭而行信，終日言不在尤之內，在尤之外；貧而樂也，蓋老萊子之行也。尤，過也。漢書藝文志班氏自注云：老萊子，楚人，與孔子同時。易行以俟天命，居下位而不援其上，觀於四方也，不忘其親，苟思其親，不盡其樂，以不能學爲己終身之憂，蓋介山子推之行也。易，平易也。俟，待也。援，扳引也。盧注云：晉大夫介之推也。

大戴禮記解詁卷之六終　　姪嘉會校刊